2
修理屋
はじめました
藤浪 保
イラスト 仁藤あかね

神話級の魔導具
「ミカエルさんは、私が修理するのを
黙って見守ってて下さい」
すっと短く息を吸い、修理と強く念じ、
両手で魔石を頭の上へと振り上げる。
私ならできる。
ふっ、と小さく息を吐き、
上げた両手を上半身ごと勢いよく振り下ろして、
魔石を思いっきり足元に叩きつけた。

「これって……」
「ああ……」
縦横無尽に飛び回る
光の中に私たちはいた。
ミカエル
セツ

「体は大丈夫なのか？」

「力が抜けて倒れたけど……大丈夫」

はぁ、とルカは溜め息をついた。

「危険だってわかってただろ」

「やるしかなかったよ。勇者のためだもん」

「あー……」

ルカは自分の頭をわしわしとかいた。

「そうだよなぁ。お前はそういうやつだよ……」

ルカ
ポタージュを飲みながら

魔導具の修理屋はじめました
2
藤浪 保
イラスト 仁藤あかね

口絵・本文イラスト：仁藤あかね
デザイン：AFTERGLOW

CONTENTS

MAGIC TOOL REPAIRER

第一章　お店をやるのは大変です

「ふんふんふ～ん♪」

鼻歌を歌いながら、水で濡《ぬ》らした櫛《くし》で髪《かみ》をとかして寝癖《ねぐせ》を直す。

トラックにひかれて召喚《しょうかん》されたあの日、見ないままになってしまった歌い手さんの動画の曲だ。

当然こっちの世界ではその曲を一切《いっさい》聴《き》く事はない。

以前、この鼻歌を聞いたリーシェさんには、「変わった曲ですねー……」と音痴《おんち》の人を見るかのような目を向けられてしまった。

それもそのはず、こっちで耳にするのはギターみたいな弦楽器《げんがっき》や笛の音《ね》の賑《にぎ》やかな歌詞のない曲か、弦楽器の伴奏《ばんそう》にお笑い芸人みたいな説明口調の語りが入った、物語調の歌だけ。J－POPとはほど遠い。

変な目で見られるのは嫌《いや》だから外では歌わないようにしてるけど、家の中でくらいはいいよね。

あまりはっきりとは映らない鏡を見て寝癖が直った事を確かめてから、私は朝ご飯と出勤のためにアパートを出た。

朝ご飯はいつも外食をしている。こっちの世界では女の人が働くのは普通《ふつう》の事で、だからなのか、朝ご飯も外で食べる人が多い。いわゆるモーニングってやつをやっている店がたくさんある。

私は冒険者《ぼうけんしゃ》ギルドへの通勤経路にある店をいきつけにしていた。

大きなガラスの窓なんて滅多《めった》にないから中の様子が見えなくて、最初は扉《とびら》が閉まってる店は入りにくかった。

でももう慣れた。「営業中」の札も覚えたしね。

店の中はそんなに広くはないけど、テーブルはきれいだし、お花が飾《かざ》ってある。おしゃれなカフェみたいな雰囲気《ふんいき》で、お客さんも女性が多い。私がこの店を気に入っている理由その一だ。

適当な席につくと、かわいいエプロンをした店員さんが木のコップと金属のポットを持って来て、テーブルの上に置いた。そして注文を聞かずに厨房《ちゅうぼう》へと戻《もど》っていく。

朝ご飯のメニューは一つだけだから、注文をとる必要がないのだ。

ポットの水の中には浄化《じょうか》の魔導具《まどうぐ》が入っている。

これが気に入っている理由その二。

きれいな水が出てくるのが、日本のサービスみたいで嬉《うれ》しいのだ。

店によっては、前に泊《と》まっていた黒牛《くろうし》の角亭《つのてい》みたいに、マイ魔導具を自分でコップに入れなきゃいけない。

しばらくして店員さんが持ってきてくれたトレイに載《の》っていたのは、パンとスープとサラダだった。定番の朝ご飯メニューだ。

スプーンでスープをすくって一口。

うん。微妙《びみょう》。

でも他の店よりは少しだけ美味《おい》しい。ベーコンらしき肉の旨《うま》みがうっすらと出ている。

これが気に入っている理由その三。

パンは硬《かた》いし野菜にはえぐみがあるけど、スープの味がちょっとマシなだけで、だいぶ満足度は上がる。

どんなに頑張《がんば》って作っても自分では壊滅《かいめつ》的な味の料理にしかならなくて、ルカと一緒《いっしょ》じゃない時は、相変わらず一日一食だ。

貴重な食事の機会なのだから、少しでも美味しい物を食べたい。

店内を見渡《みわた》してみても、朝ご飯だってのもあるのかもしれないけど、ものすごく美味しそうな顔をしているお客さんはいない。

でも、美味しくなさそうな顔をしている人もいない。普通に淡々《たんたん》と食べてる。

やっぱり、私の舌が変なんだろうな。

味覚がルカと一致《いっち》していて本当に良かった。

ルカの故郷に行けば美味しいご飯がたくさん食べられるって希望も持てたし。

おっと。のんびりしてたら遅刻《ちこく》しちゃう。

スープに浸《ひた》してもなお硬いパンを喉《のど》に詰《つ》まらせそうになりながらも完食し、テーブルの上に代金の銀貨を置いて、私は店を出た。


ギルドに出勤すれば、リーシェさんが受付の前のテーブルを整えていた。

「おはようございます」

「あ、セツさん、おはようございます」

「のんびりご飯を食べていたら遅刻しそうになりました」

「ギリギリセーフだな」

笑いながら話に入って来たのは職員さんの一人。

最近リーシェさんとヨルダさんだけでなくて、他の職員さんとも話すようになった。

召喚者だと知られないようにって思いすぎてあまり踏《ふ》み込《こ》めていなかったんだけど、普通に接している分には、そんなに警戒《けいかい》しなくてもいいかなって思い始めたから。

特にこの職員さんは、よく話しかけてきてくれる。

たった今私が入ってきた入り口の扉が、その職員さんによって開け放たれた。

扉の外で開くのを待っていた冒険者の人たちが、朝一番の依頼《いらい》を確認《かくにん》しに、ぞくぞくと入ってくる。

リーシェさんが受付業務のためにカウンターの中に行き、私も自分の仕事をする事にした。

依頼やお知らせが貼《は》り出されている掲示板《けいじばん》が並ぶスペースの奥《おく》にある、「修理屋」の看板がついた小さな屋台。

そこに掛《か》かっている看板を、「閉店中」から「開店中」に裏返す。

カウンターの上のメニューの位置を整えたら、開店の準備は完了《かんりょう》。

あとは上の工房《こうぼう》でベルが鳴るのを待つだけだ。

「おはようございまーす」

階段を上がり、声を掛けて工房に入ったけど、ミカエルさんはまだ来ていなかった。

ミカエルさんは午後から来る事が多い。午前中は公爵《こうしゃく》家の仕事をしているらしい。

修理の依頼が来るまでの時間、まずやるのはギルド職員としての仕事、不発弾《ふはつだん》の選別だ。

今日の分の投擲弾《とうてきだん》の木箱はすでに壁際《かべぎわ》に積んであった。

閃光弾《せんこうだん》の箱を床《ゆか》に下ろし、別の箱に移しながらハズレを取り除いていく。

だいたい午前中はこれに費やされる。

その作業の途中《とちゅう》で、チリンチリンとベルの音が鳴った。

お客さんだ。

急いで階段を下りると、お店の屋台の前には最近ご贔屓《ひいき》にしてくれている冒険者パーティのリーダー、ヴァンさんがいた。

茶色いツンツンした髪をしている、若い陽気な感じの人だ。

修理屋を始めた時の最初のお客さんでもあるから、私の中ではヴァンさんは特別な感じがしている。

他のメンバーは、ギルドの受付にいたり、掲示板をチェックしていた。

急いで屋台に入ると、ヴァンさんが、カウンターの上に水道の魔導具とランプの魔導具を二つ置いた。

「いつもありがとうございます」

言いながらランプの魔導具の片方を手に取る。

「申し訳ないんですが、こちらはお受けできません」

「わかった」

突《つ》き返した魔導具をヴァンさんは文句も言わずに受け取った。

受け付けていないような特殊《とくしゅ》な魔導具なわけじゃない。ただの一般《いっぱん》的なランプの魔導具だ。今素材が足りてないってわけでもない。

受け取らなかったのは、損耗率《そんもうりつ》が全然たまっていなかったから。

他のは表面がくすんだように曇《くも》って見えるけど、この魔導具だけはピカピカした所がまだ残っていた。

もちろん、損耗率をゼロにしておきたいって要求があるなら応《こた》えるけど、そうじゃないなら、まだ使えるのに、修理するなんてお金と素材がもったいない。

お店のメニューの一番上には、損耗率を確認するっていう項目《こうもく》もあるから、本当はタダでやってはいけないやつだ。

でもこれは常連さんへのサービスだからオッケー。

当然、ミカエルさんも知っている事だ。

というか、ミカエルさんからやるように言われた。

他の修理屋さんでも常連さんに対しては普通にやってる事らしい。

……なんか、格好《かっこう》いいよね、常連さんって響《ひび》き。

お店に入って「いつもの」って言うだけで通じるなんて。

私はいきつけの店と言えば学校のそばのコンビニだけだったから、夢のまた夢だった。

でも、この世界なら案外簡単に作れるのかも？

雑貨屋のおかみさんとか、朝ご飯のお店の店員さんとか、もう顔なじみだし。

そんな事を思っていると、ヴァンさんがお代をカウンターに出した。

置かれた銀貨を数えて、ワンピースのポケットに入れてあった革袋《かわぶくろ》からお釣《つ》りを取り出す。

「八、九、十」

ゆっくりと数えながら、銅貨をカウンターに置いた。

これもこっちの常識。

買い物する側だった時は、数を誤魔化《ごまか》していないのを証明するためだと思ってたんだけど、そうじゃないいんだよね。

お釣りをさっと出すとすごく変な顔をされる。

どうやらこっちの人は、ぱぱっとお釣りの計算ができないみたい。

正確には、できる人とできない人がいて、できない人が結構多い。

だから、こうやって数えながらコインを置く。

その数え方も面白《おもしろ》くて、お釣りを引き算で計算するんじゃなくて、価格から足し算して、貰《もら》った金額になればお釣りがあってる、って計算の仕方をする。

例えば、銀貨一枚で銅貨七枚の物を払《はら》うとしたら、私なら十−七で三枚のお釣りって計算するんだけど、こっちの人は、七＋三＝十と考えるみたい。

その三っていう出し方も、七＋一＋一＋一で十になればよしって考える。

だから、三枚のお釣りを渡《わた》す時に、八、九、十、と数える。

いや、すぐ計算できるじゃん、って思うんだけど、どうやらそうじゃないんだよね。

お釣りが二桁《けた》になる時はもっと大変。

百−八十二＝十八ができない。

渡すのが面倒《めんどう》だと思うのと同時に、銀貨五十枚分や五枚分のコインも欲《ほ》しいって思っちゃう。

でもたぶん、そうすると計算がもっと複雑になって、こっちの人には難しすぎるんだろう。

ヴァンさんはたぶんぱっと計算できてると思うんだけど、これがこっちの習慣だからそれに倣《なら》っている。

あと、汚《きたな》いコインを先に出すのも基本中の基本。

なぜなら偽金《にせがね》の可能性があるから。

汚《よご》れていればそれだけ真偽《しんぎ》の判別が難しくなる。

治安の悪い所に行ったり、重要な取り引きの場だったりすると汚いコインは受け取ってくれない事もあるんだって。

キレイなコインの方が安全なら、自分が持つコインはキレイな方がいいに決まっている。

ダイヤ姫《ひめ》から貰ったコインは、最初だったから気づかなかったけど、ピカピカのピッカピカだった。

今の手持ちは汚れて傷だらけの物ばかり。

思い返せば、そんなピカピカなコインをたくさん持ってたのも不自然だった。

ギルドの懐《ふところ》が深くて本当に良かった。怪《あや》しい人物だって通報されてたら危なかった。

「では、少々お待ち下さい」

魔導具を入れたカゴを持って工房に上がる。

真《ま》っ直《す》ぐ薬棚《だな》に向かい、素材と魔石を取り出す。

修理屋の仕事のための素材なら、何が必要なのかも、どこにしまってあるのかも、さすがにもう完璧《かんぺき》に覚えていた。

ランプの魔導具をテーブルの上に置き、素材をその横に並べて魔石を手に。

流れ作業でやってしまわないよう、ここで一旦《いったん》深呼吸。

素材の種類や数、魔石の大きさが間違《まちが》っていない事を確認。

修理〜、修理〜、修理〜。

念じながら魔石を近づけて――。

魔石をランプの魔導具にこつんとぶつけると、魔導具の曇りがなくなって、ピカピカになる。

「あー……」

修理は成功……だけど、素材の蛍草《ほたるそう》はそのまま残っていた。

本当なら、光の球になって魔導具に吸収されるはずなのに。

また魔力だけで修理をしてしまった。

がっかりしたけど、落ち込んでいる暇《ひま》はない。

気を取り直して次の修理へ。

それはちゃんと素材を使ってできた。よしよし。

それを繰《く》り返して全《すべ》ての修理を終えると、階段を下りて店の中へ戻る。

「できました」

「ありがとな！」

腰《こし》につけた鞄《かばん》に魔導具を入れて、ヴァンさんはギルドメンバーの方へと歩いていった。

ヴァンさんの依頼を終えると、しばらく修理屋のベルは鳴らなかった。

昼を越《こ》えると投擲弾の選別も終わり、やる事がなくなる。

自分の限界以上にやりすぎて選別をミスって以来、私が選別する投擲弾の数はリーシェさんによって厳しく制限されていた。

修理屋の仕事を始めてからはさらに減って、最初に始めた頃《ころ》と比べればずっと少なくなった。

私としては、可能な限り不発弾は除きたいと思っている。

限界まで頑張ったところで、ゼロにできない以上、結局、冒険者の人たちの不安は拭《ぬぐ》えないし、不発である事による事故は完璧には防げない。

それでも、不発だった時の絶望を知っているから、できるだけ頑張りたいと思ってるんだけど、数を増やしたいという私の言葉に、リーシェさんが首を縦に振《ふ》る事はなかった。

じゃあこの時間で何をするかと言えば、修理の練習だ。

私には、修理を自分の魔力でしてしまう、という問題がある。

素材を用意していても、それを使わずに修理してしまう。

素材がなくても修理できるなんて超《ちょう》便利じゃん、と思いきや、修理のたびに自分の魔力を使っていては魔力がいくらあっても足りない、とミカエルさんに言われた。

魔力を測定する魔導具で調べてわかったんだけど、私の持っている魔力量は無尽蔵《むじんぞう》でも何でもなくて、一般人《いっぱんじん》と同程度だった。

魔法の素質があったとしても、強い魔法使いにはなれないレベルらしい。

だから私は、自分の魔力ではなく素材で修理できるようにならなきゃいけない。

これが思ったよりも大変で。

ミカエルさんに教えてもらって、魔力を使わない修理はなんとかできるようになった。

けど、これまでの経験が邪魔《じゃま》をして、全然使い分けられない。

最初に修理した時、修理には素材を使うという事を知らずに、いきなり素材なしで修理しちゃったのが良くなかったみたい。

自分の意思で魔力をコントロールできないなど聞いた事がない、とミカエルさんに言われたけど、できないものはできない。

だって魔力なんてない世界から来たんだよ。コントロールなんて無理に決まってる。

習得するには、とにもかくにも練習あるのみ。

ランプと浄化の魔導具なら使えばすぐに損耗率が上がるから、使っては修理、使っては修理、とやっていけばいいんだけど、なるべく損耗率の高い魔導具で練習した方がいいらしい。たぶん経験値的なやつが。

だから、家中の魔導具をかき集め、練習のためと言ってギルドの職員さんの魔導具も借り、ミカエルさんにもお屋敷《やしき》からたくさん魔導具を持ってきてもらった。

せっかく修理するなら、ギルドの買取品を修理しちゃえばいいんじゃないか、って思ったけど、駄目《だめ》だと言われた。無料でやると他の修理屋さんの仕事を奪《うば》ってしまう事になるから。

幸いにも、練習の時間はたっぷりあった。

なぜなら……お客さんが全然来ないから！

実は、ヴァンさん以外、常連さんがいないのだ。

最初こそ物珍《ものめずら》しさでわっと来てくれたお客さんたちだったけど、しばらくするとめっきり来なくなった。

メニューが少なくて、素材の持ち込みができず割高になる新参者の修理屋になんて、来る理由はなかったのだ。

冒険者ギルド内っていう、ピカイチの立地にあるのに、その利点をもってしても需要《じゅよう》がない。

王都にある他の三軒《けん》の修理屋は、それぞれ、武器、防具、生活魔導具の修理をやっている。簡単な物なら一緒に修理してくれる事もあるけど、基本的には専門分野の修理しかしない。

一方、私の店には何の特色もない。

強《し》いて言うならメニューが少ない事だけど、これは短所でしかない。

商売をするのなら、広く浅く全般《ぜんぱん》的にやるか、何かに特化するか、どちらかにするのがいいのは人生経験の少ない私にもわかる。

受験をする時に、全科目を満遍《まんべん》なく勉強しないといけない共通試験を受けるか、得意な科目だけで受けられる私立を受けるか、みたいなもんだよね。

専門分野に特化している他の修理屋さんと競合しないようにするには、うちは広く浅くを目指すのがいいんだと思う。

だけど、私には経験がなさすぎて、何が得意なのか、何ができないのか、まだ全然判明していない。簡単な生活魔導具は修理できているというだけ。

となれば、まずは経験を積まなくちゃいけない。

色んな魔導具の修理を試《ため》してみて、得意不得意を知る。

でもミカエルさんには、素材を使った修理が安定してできないうちは、メニュー以外の魔導具の修理はやってはいけないと言われている。

まあ、経験を積んでメニューを増やしたところで、お客さんが来るかはまた別の話なんだけど。

そもそも私、あんまり信用されてないみたい。

ギルドの中にあるんだから、当然ギルドの保証はあるってことになるし、師匠《ししょう》のミカエルさんは、公爵家の一員で王位継承権《けいしょうけん》まであるちゃんとした魔導具師だ。

でも、それだけでは信用してもらえない。

冒険者にとって、魔導具は自分の命を預けるかもしれない物。

それを扱《あつか》わせる人を、簡単には信用できないって事なんだろう。

私は新参者だし、ちゃんと修理したかは普通の人にはわからないから、疑う気持ちはわかる。

だから、来店のベルを鳴らすのはほぼヴァンさん。

他の人が鳴らしたとしても、材料を渡すから安くしてくれっていう値下げの交渉《こうしょう》だったり、休みの日を聞かれるなんてナンパみたいなのだったりで、ちっとも仕事が入ってこない。

むしろ、どうしてヴァンさんが通ってくれているのか謎《なぞ》だ。

ヴァンさんのパーティのメンバーの人ですら、リーダーが使いたいなら、って感じで、うちで修理するのは渋々《しぶしぶ》容認しているって感じなんだよね。

どうにかお客さんを獲得したくて、昼じゃなくて朝からの開店に変えたけど……効果はほぼない。

「調子はどうだ」

突然《とつぜん》すぐ近くから声を掛けられて、はっと顔を上げる。

いつの間にかミカエルさんが工房に来ていた。全然気がつかなかった。

さすがにもう見慣れたけど、相変わらずの超イケメンだ。つやつやしたウェーブの金色の髪は、自ら光を放っているのでは、とすら思う。さすが王子様。

「まだまだです」

私はテーブルの上に残った蛍草の束と水鱗《すいりん》の山を見せた。

「魔力は平気か」

「はい。まだ大丈夫《だいじょうぶ》です」

ミカエルさんには、決められた量以上の修理は絶対やるなとも言われていて、今もそれを守って練習していた。魔力は十分に残っている。

「やってみろ」

もう壊《こわ》れる寸前というくらいに使い込まれて曇っているランプの魔導具を、ミカエルさんが私の前に置く。

私はその横に蛍草を置いた。

あとは魔石を近づけるだけだ。

動作だけならすごく簡単だけど、魔導具師の素質がある人にしか修理はできない。

「魔力ではなく、素材を使うのだぞ」

「それはわかってるんですけど……」

私の意思とは関係なく勝手にやってしまうのだからどうしようもない。

左手で蛍草の上に置いたランプの魔導具に触《ふ》れ、右手で魔石を持つ。

素材を使って修理～、素材を使う～、素材を使う～、修理～、修理～。

頭の中で念じて、魔導具と魔石を近づけていき――。

こつん。

「あっ」

魔石を魔導具にぶつけた次の瞬間《しゅんかん》、蛍草が光の球に変わったかと思うと、ランプの魔導具の周りをくるくると回った。

そしてそれはしゅぽんと魔導具に吸収され、曇っていた魔導具がピカピカになった。

「何だ、できるではないか」

ミカエルさんが、意外そうな顔をする。

「ありがとうございます！　でも実は……今日まだ二回目の成功なんです」

何とも言えない表情をされた。

やっと二回目なのか、って言いたいんだろう。

これまでの勝率は三十パーセントくらいだけど、今日みたいに調子の悪い時はてんで駄目だった。

自分の魔力を使っちゃうどころか、修理に失敗して魔石を無駄《むだ》にしちゃったりもした。

今のだってまぐれでしかない。

「……練習あるのみだな」

「はい」

私はしょんぼりと肩《かた》を落とした。

＊＊＊＊＊

午前中は投擲弾の選別をして、午後は修理の練習。ヴァンさんやたまーに違うお客さんがベルを鳴らしてきたら、その対応をする。

そんな毎日が過ぎていった。

私はもっとたくさん練習して、早く上達したかったんだけど、終業時間が来たらミカエルさんに帰るように言われてしまう。

だから魔石を自分で用意して、夜や休日に家で自主練をしている。

私が自主的に練習するなんて、あっちの世界じゃ考えられなかった。

家で部活の自主練をすることなんて全くなかったし、勉強も嫌々《いやいや》やっていた。

あれ？　ていうか、工房で練習に使ってる魔石って、どこからお金が出てるんだろう？

素材も魔石もミカエルさんの棚《たな》から出して使っちゃってるけど、これって本当は、経費、ってやつなんじゃない？

ミカエルさんに甘《あま》えてていいんだっけ。

午後、ミカエルさんが工房に来るのを待って、私はその疑問をぶつけてみた。

「ああ、それは弟子《でし》の修練のためだから、師であるわたしが出す」

「え、いいんですか？」

「問題ない。経費としても認められ――」

するとミカエルさんは、はっと顔を強《こわ》ばらせた。

「しまった……」

苦い顔をして片手で目を覆《おお》い、うつむく。

「何がです？」

「納税をしなくてはならない」

「納税？　税金ですか？」

「そうだ。得た利益に応じて税金を納めなくてはならない。先月分の税額の算出と納税処理をしなければ。いつまでだったか……」

所得税的なやつ？

「私、ずっとギルドで働いてましたけど、納税なんてした事ないです」

「これまでは雇用《こよう》をしていた冒険者ギルド側がやっていたのだ。だが、今は自分の店がある。ならば自分でやらなければならない」

なるほど。お給料を貰っているならやらなくていいんだ。

よかった。脱税《だつぜい》しちゃってたかと思った。

「税金ってどうやって計算するんですか？」

「売上から費用を引いて算出される利益に税率を掛ける。簡単だ」

修理に使った素材と魔石の分を計算して、貰った代金との差を計算するって事か。

こっちの人にとっては全然簡単じゃないと思うんだけど、ミカエルさんは私が計算が得意なのを知っている。文字が読めないのに、ってすっごいびっくりされた。

なんなら方程式や平方根や微分積分《びぶんせきぶん》までわかるもんね。

足し算と引き算と掛け算だけなら余裕《よゆう》だ。

問題は、使う数字をどうやって出すか。

練習の成果を記録するために、一応使った物のメモは残してあるけど、依頼と練習がごちゃごちゃになってる。

依頼の数はまだ少ないから、ギリ覚えてるはず……。

斜《なな》め上を見ながら、記憶《きおく》をたぐり寄せる。

うーん、怪しい。

思い出すのには苦労しそう。

「それと、少しばかり必要な書類が多い」

ミカエルさんは顔を逸《そ》らして、ぼそっと呟《つぶや》いた。

「書類？　計算式だけじゃ駄目なんですか？」

「会計処理には帳簿《ちょうぼ》というものが必要なのだ。それに各種証跡《しょうせき》をつけて提出し、審査《しんさ》を受けなくてはならない」

「はあ」

何が大変なのか、いまいちピンとこない。

帳簿って、要するに通帳とかお小遣《こづか》い帳みたいなものでしょ？　ただ一覧にすればいいんじゃないの？

それを伝えると、ミカエルさんは渋《しぶ》い顔をした。

「どうやらそう簡単ではないらしい。わたしも任せきりで詳《くわ》しくはないが」

「ミカエルさんがわからないなら、私はどうしたら……」

「部下を呼ぶ。わたしの実務を全面的に任せている男だ。セツにも面識があるだろう。ガンテというのだが」

「自己推薦《すいせん》状を作るのを手伝ってもらいました」

手伝ってもらったっていうか、ほぼガンテさんが作ってくれた、というのが正しい。

「こちらに来るよう伝令を頼《たの》んでくる。セツは書類作成に必要な事柄《ことがら》をまとめておけ」

「わかりました！」

私は待っている間に、何をどのくらい使ったのか整理しておく事にした。

メニューの写しから魔導具の名前を書き取って、表を作る。

そして、ワンピースのポケットから練習メモを取り出した。

小さく切った紙の左上に穴を開け、紐《ひも》を通してあるだけの簡単なメモ帳だ。

魔導具の種類の略号と、○×△が書いてある。
○は素材を使って修理できた、△は魔力を使って修理してしまった、×は修理じゃなくて魔力の充填《じゅうてん》か失敗、の意味。
最初の方は△と×がとても多い。半々《はんはん》くらい。

それがだんだん△が増えてきて、ほぼ△だけになって、最新の記録だと、ちらほらと○が出て来る。

これを見れば、数はわかるはず。

練習分の魔石や素材はミカエルさんが出してくれるって言ってたから、修理屋のお仕事の分だけ抜《ぬ》き出せばいいんだよね。

さっきのヴァンさんの依頼は携帯《けいたい》コンロが一個だった。

昨日はランプが一個と携帯水道が一個。

ええっと、それぞれ魔石は一個ずつ使ってて、素材は使ったり使ってなかったりしてたから……。

え、無理。

数が少ないからって、先月の分まで覚えてるわけないじゃん。

なんとかメモからお仕事の分がどれなのかを抜き出そうと奮闘《ふんとう》するも、全てを思い出すのは到底《とうてい》不可能だった。

そうだ、練習はほとんどランプと浄化の魔導具でしかやってないんだから、それ以外の魔導具はだいだい修理の依頼だよね。

時々自分のとかギルドの職員さんのとかもやってたけど、基本的には依頼だ。

そうやって、ガンテさんが来る前に、メモからなんとか書き取り一覧を作る事に成功したんだけど――。


「駄目ですね」

やってきたガンテさんに、私の説明はばっさりと切り捨てられてしまった。

にこにこ笑いながらの鋭《するど》い言葉は結構こたえる。

その手には私が下手くそな字で書いたまとめの紙がある。

「商売の費用の場合、いつ何にどれだけ使ったかを詳細《しょうさい》に報告しなければ書類は通りません。どんぶり勘定《かんじょう》は通用しないのです」

「そうなんですね……」

「毎回記録しておくべきでした」

ごもっとも。

「それについては何も教えなかったわたしにも非がある」

「いえ、私も、全然考えてなくて――」

「そう、これは師匠であるミカエル様の責任です」

ガンテさんは、にっこりと笑いながら、視線でミカエルさんを責めた。

「……だから非を認めている。なんとかしてやってくれ」

「ミカエル様が過失をお認めになるのも、わたくしに命令ではなく頼み事をしてくるのも珍《めずら》しいですからね。なんとかしましょう」

ガンテさんの言葉に、ミカエルさんは不満げな顔をしたけど、文句は言わなかった。

「よろしくお願いします」

「ですが、その前に、ミカエル様にもう一つだけ申し上げたい事がございます」

「な、何だ」

ミカエルさんが身構えた。

「セツ様の分まで負担しているとは伺《うかが》っておりませんでした。研究に使用した素材や魔導具の数は仕入れ分から在庫分を差し引いて算出していたのですが、セツ様が練習に使用された分は計上する科目が違いますので、すでに提出済みの書類を引き戻して修正しなければなりません」

「うっ」

冷え冷えとした声に、ミカエルさんが声を詰まらせる。

しかしガンテさんは笑顔《えがお》のままだ。迫力《はくりよく》のある笑顔というものを初めて知った。

「セツ様が修理屋として使った分はミカエル様の負担する費用ではなくセツ様に請求《せいきゆう》しなければなりませんから、その分も修正となりますね。これらはセツ様の使用分の算出後にやらねばなりませんから、書類提出期限までの作成は非常に厳しくなったと言わざるを得ません。なぜ事前にわたくしに一言おっしゃって下さらなかったのでしょうか。そうすれば、セツ様に依頼の都度の記録をとと言って差し上げる事もできました」

「それは、悪かった、と、思っている」

ミカエルさんの顔は引きつっていた。

それだけガンテさんの声は冷たかった。それでも笑顔を崩《くず》さないのがなお恐《おそ》ろしい。

「すみません……」

私もミカエルさんの横で謝《あやま》る。

「いいえ、セツ様は全く悪くはございません。これは全て師であり修理屋の設立を主導したミカエル様の責です」

ミカエルさんに対する声とは随分《ずいぶん》違う優《やさ》しい声だった。

「だから悪かったと言っているではないか」

「反省されているのならばこの件は良しとしましょう」

ミカエルさんはあからさまにほっと息をついた。

「ではセツ様、開店初日から今日までのお仕事を改めて詳細に思い出して頂きましょうか」

「はい」

私がポケットからメモを取り出すのを見て、ガンテさんが手を差し出してきた。

「拝見しても？」

「えっ⁉　駄目です。字が汚いので」

「構いませんが」

「いえ、私にしか読めないくらい汚いんです！」

私にしか読めない、というのは本当の事だ。

ただし、字が汚いからじゃない。

自分しか見ないだろうと思って、所々日本語になってしまっているのだ。特に数字が。

召喚者だって事は隠《かく》してるのに……！

メモを背中に隠そうとする私に、ガンテさんはにっこりと笑顔を向けた。

「セツ様、今は時間がないのです。見せて下さい」

「はいっ！」

にっこりと笑ったガンテさんに、私は思わずメモを差し出していた。

自分に向けられて改めて実感した。有無《うむ》を言わさぬ迫力がある。

普段偉《ふだんえら》そうにしているミカエルさんがタジタジになってしまうのもわかる。

ガンテさんがメモ帳をめくっているのを、私はドキドキしながら見守った。

「なるほど……」

うんうん、とガンテさんが頷《うなず》きながらメモを見ている。

全てめくり終わったあと、ガンテさんは私をじっと見た。

「セツ様は……随分遠くからいらしたようですね」

ドッキーンと私の心臓が跳《は》ねた。

まさか異世界人ってバレた⁉

「これは、セツ様の出身地の独自言語でしょう?」

ガンテさんが日本語の所を指差して見せてくる。

私は何と言うのが正解なのかわからなくて、何も言えなかった。

田野倉《たのくら》くんと一緒に召喚されたんだって知られたら、きっと勇者と一緒に魔王討伐《とうばつ》に行けって言われるだろう。

ドックドックと耳元で大きく心臓の音が聞こえている。

嫌だ。王都の外に出るのも無理なのに、魔王を倒《たお》すなんて絶対できない。

モンスターに襲《おそ》われるのも、生き物を殺すのも、どっちもしたくない。私にはできない。

ミカエルさんは、私が田野倉くんと旅に出ずに安全な所にいる事に失望するだろうか。それとも怒《おこ》るだろうか。

少なくとも、異世界人って事で、奇異《きい》の目では見られるだろう。

「わたくしは言語には詳しくありませんが、この国の標準文字とはかけ離《はな》れています。セツさんが魔導具に触れてこなかった事を考えると――」

ああ駄目だ。気づかれた。

じっとりと背中に汗《あせ》が滲《にじ》む。ぎゅっと握《にぎ》った手が冷たい。膝《ひざ》がガクガクする。

私は死刑《しけい》宣告を待つ囚人《しゅうじん》のような気持ちでガンテさんの言葉を待った。

だけど、ガンテさんの口から出てきたのは、意外な言葉だった。

「そこでは外部との接触《せっしょく》をほとんど断《た》っていたのでしょうね。事情をお聞きはしませんが、王都に出て来られるのも、ここでの生活にも慣れなくて大変だったのではありませんか」

ガンテさんは、他の人同様、私が辺境から来たのだと思ってくれたらしい。

ほっとして限界まで張り詰めていた気が緩《ゆる》んだ。

ガンテさんの優しい声と眼差《まなざ》しも相まって、思わず私の目からポロリと涙《なみだ》がこぼれる。

「あっ、大変失礼な事を申し上げました。セツ様を侮辱《ぶじょく》したつもりはございません」

狼狽《うろた》えるガンテさんの声を聞いて、離れたテーブルで作業していたミカエルさんが近づいてきた。

「お前、セツを泣かせたのか⁉」

ミカエルさんがガンテさんに詰め寄る。

「ちがっ、違うんです。泣かされたわけじゃ……。ちょっと今までの事を思い出しちゃって」

私は指で涙を拭って笑顔を見せた。

召喚されてから、こっちの世界の常識に戸惑《とまど》って、色々嫌な事もあって、それでもなんとかここまでやってきた。

その奇跡《きせき》のありがたさは噛《か》み締《し》めていたつもりだけど、労《いたわ》ってもらったのは初めてで。

「ならいいが……。ガンテは言葉が辛辣《しんらつ》なだけで、悪気はないのだ」

ミカエルさんがガンテさんから手を離した。

「わたくしがいつも厳しく申し上げるのは、ミカエル様がいつも適当なせいでございます」

ガンテさんは崩れた襟元《えりもと》を直しながら悪びれる風もなくそう言った。

「話は聞いていた」

ミカエルさんがガンテさんの手から私のメモを受け取る。

「セツは別の言語圏《けん》から来たのだな。隣国《りんごく》の言葉ならわたしもわかるが、確かにこれはこの国の文字とも近隣のものともかけ離れている。だから文字の習得に難儀《なんぎ》しているのか。会話は流暢《りゅうちょう》に思うが」

「ありがとうございます」

それは異世界転移の特典《チート》なんです、とは言えなくて、私は笑って誤魔化した。

「話し言葉のまま表記すればいいだけなのだがな」

「慣れてる言葉が邪魔しちゃって」

嘘《うそ》はついてない、よね？

「今までどうしてそれを言わなかったのだ」

「あんまり出身地の事を聞かれたくなくて……」

「そうなのだろうとは思っていた。まあ、こちらは詮索《せんさく》も口外もするつもりはない。わたしもガンテもこの文字がどの地域で使われているのかは知らないから安心しろ。事情は理解したから、これからは故郷の文字も使うといい。その方がはかどるだろう」

「ありがとうございます」

日本語を自由に使えるというのはありがたい。

「他の者はこの言語を知っているかもしれないから、秘匿《ひとく》しておきたいのなら、余所《よそ》では気をつけるように」

「わかりました」

日本語が理解できる人がいるとは思えないけど、万が一にも異世界人だとはバレたくないから、この二人以外には絶対見せないと心に誓《ちか》う。

「共通の秘密を持つというのは、男女の仲を深めるのに必要な要素なのだそうだ。どうだ、そろそろわたしに惚《ほ》れてきたか」

顔を近づけてきたミカエルさんが、腕《うで》を私の腰に回してぐいっと引き寄せる。

「っ！」

私は咄嗟《とっさ》にミカエルさんの胸を手で押《お》し返した。

いくら見慣れているとはいえ、その顔で不意打ちは困る。

「まだです！」

「ほう。まだ、か」

ミカエルさんが意地悪そうに笑う。

「ちがっ、そういう意味で言ったわけじゃっ」

これじゃあ、そのうちミカエルさんを好きになる、って言ってるみたいじゃん！

顔が熱い。

「違いますからね⁉」

「そういう事にしておこう」

「本当に――」

パンパンッ。

重ねて否定しようとしたところで、ガンテさんが大きく手を鳴らした。

「お二人とも、そろそろよろしいでしょうか」

にこり、と笑顔が向けられて、私とミカエルさんは、びくっと肩を震《ふる》わせた。

「作業を再開しても?」

「モチロンデス」

「わたしはあちらにいよう」

私はこくこくと頷き、ミカエルさんはそそくさと机へ戻っていった。


ガンテさんの容赦《ようしゃ》のない追及《ついきゅう》を受け、私は記憶を脳みそから絞《しぼ》り出した。

記憶に加えて、メモ帳の内容と使用済み魔石の数を総合し、なんとか税金の計算に必要な日々の数字を出す事に成功した。

途中、数の辻褄《つじつま》を合わせるためにガンテさんが捏《ねつ》ぞ――推測を入れたりしたけど、とにかくできた。

私はぐったりとテーブルに突っ伏《ぷ》した。

疲《つか》れた。マジで疲れた。

数学のテストを終えた後のような疲労《ひろう》感だった。懐《なつ》かしいけど全然嬉しくない。

顔を横に向けてみれば、気の毒そうにしているミカエルさんが見えた。

「次は、書類の作成です」

ちょっとだけ席を外していたガンテさんが戻ってきて、すぐにそう言った。

「まだあるんですか……」

私の口から呻《うめ》き声が漏《も》れた。

「はい。書類を作って提出しなければなりませんから」

そうだった。

推薦書の時みたいにガンテさんが作ってくれるって思い込んでたけど、そんなわけないよね。私の店の事だもんね。

ガンテさんは忙《いそが》しいのに手伝ってくれてるんだった。

頑張らないと……。

テーブルに両手を突いて、腕立《うでた》て伏せみたいに、ぐぎぎぎ、と体を起こす。

修理の依頼か、急ぎの投擲弾の選別の仕事があれば気も紛《まぎ》れるというのに、こういう時に限って来ない。

いや、早く書類を作らなきゃいけないんだから、時間があるのはありがたい事なんだけども。

「お疲れなら、ポーションを飲んだらいかがですか？」

差し出されたのは、薄《うす》い青い液体が入ったガラスの小瓶《こびん》。魔力じゃなくて、体力や傷を回復する方のポーションだ。

「いえ、いいです。頑張れます」

甘ったるさを思い出して、私は固辞した。赤いのも青いのも、できたら飲みたくない。

「ところで、期限っていつなんでしょう?」

「明日です」

「明日⁉」

マジで急がなきゃいけないやつじゃん!

シャキン、と背筋が伸《の》びた。だらだらしている場合じゃない!

あっ!

「ガンテさんはこれから修正ですか⁉」

さっき、ミカエルさんの書類の修正もしないといけないと言っていた。私の書類に構っている場合ではないのではないだろうか。

「それは先ほど他の者に任せて参りましたのでお気になさらず」

よかった。

ハインリッヒ公爵家の人がガンテさんだけなわけないもんね。部下だっているだろうし。

「ミカエル様の分はなんとかいたしますので――」

ガンテさんはミカエルさんの方をちらりと見た。

視線を感じたのか、背中を向けているミカエルさんの肩がびくりと跳ねる。

「セツ様はご自身の事だけをお考え下さい。書類の提出が間に合わなければ、良くて罰金《ばっきん》、悪くて刑罰《けいばつ》が科せられます」

「刑罰!」

私は悲鳴を上げた。

そんなの嫌だ！

私は顔を両手でパンッと叩《たた》いた。

「ではさっそく」

私の前に書類の束が置かれた。

ガンテさんの字で表が書いてある。

表は真ん中で左右に分かれていて、両方に項目と金額を書くようになっている。

「これはミカエル様の修正前の帳簿の写しです。こうやって、収支や物品の仕入れと消費を記録します」

一つ一つ、指を差しながら、丁寧《ていねい》に説明してくれた。

けど、複雑すぎて私には理解できなかった。

お小遣い帳や通帳みたいに、ただ数字を増やしたり減らしたりすればいいものではなくて、左右に項目と金額を入れていく、複式簿記《ぼき》というやつらしい。

魔石と素材を使う時には都度仕入れた事にして左の欄《らん》に材料と書いて、代金を右に書く。それが修理で消えた事になるから、今度は右側に材料、左側には修理費を書く。

「左は資産、右が負債《ふさい》です。同様に、左が費用で、右が売上です」

右が増えて左が減って、修理費が増えて現金が増えて相殺《そうさい》されて……？

「各項目の左右には同じ金額が記載《きさい》されますので、最終的に合計も左右で等しくなります。それが異なっている場合は、どこかで計算を誤っているという事ですね」

売上が増えたら資産も増えて？　左と右、どっちも増えるの？

頭が大混乱だった。

文字を見てぱっと読み取れないのも理解の阻害《そがい》になっている。

「……仕方がないですね。税の優遇措置《ゆうぐうそち》はなくなりますが、単式簿記で出す事にしましょう」

ちんぷんかんぷんな私の様子を見て、ガンテさんは方針を変えた。

さらさらと書いてくれたお手本三枚には、それぞれ現金、素材、魔石と書いてあって、項目を書く欄も、金額を書く欄も一列ずつだった。

お小遣い帳と同じ形式だ。これなら書ける。

私はガンテさんが整理してくれたメモを基《もと》に、書類作成に取り掛かった。

途中で何度もパソコンが欲しいって思った。コピペしたい。掛け算も足し算も自動計算して欲しい。学校の授業でやった時は、合計とかを簡単に計算してくれた。

あと鉛筆《えんぴつ》と消しゴムも欲しい。

項目を慣れない字で書くのは大変だし、計算は単純だけど数が多いし、羽根ペンしかないから鉛筆で下書きする事もできない。もちろん修正液も修正テープもない。

日本語だって書き間違えるのに、こっちの世界の文字を一度も間違えずに書けるはずもなく。

間違えたらその紙は一から書き直しなんだけど、私があまりにも字を間違えるので、ガンテさんはぐしゃぐしゃと塗《ぬ》り潰《つぶ》して修正する事を許してくれた。

ある程度は許容範囲《はんい》として認められるらしい――ある程度は。

紙の表面をナイフで削《けず》り取るという技《わざ》は、私があまりにもゆっくり書くものだからインクが染《し》み込み過ぎて使えなかった。

結局、その日だけじゃ終わらなくて、次の日、提出ギリギリまでかかって、なんとか書類の作成を終えた。

「完成です」

最終確認をしてくれたガンテさんがそう言った時、私はスライムのように椅子《いす》から崩れ落ちた。

疲れた……。本当に疲れた……。

手はインクで真っ黒だ。書類には私の指紋《しもん》がたくさんついていた。

指紋って個人情報じゃなかったっけ。どうでもいいけど。

ガンテさんが、とんとん、とテーブルの天板で書類を揃《そろ》える。

定規で位置を測ると、端《はし》っこにぶすっとキリで二つ穴を開け、紐を通して綴《と》じた。

「では、提出しに参りましょう」

「はいぃぃぃ……」

そうだった。まだ提出が残ってるんだった。

ふらふらと操《あやつ》り人形のように起き上がり、私はガンテさんと書類の提出に向かった。

すぐそこだからと歩いて広場にある役所に行くと、カウンターの前にたくさんの人が並んでいた。

みんな私と同じで駆《か》け込みで提出するんだろう。

受付の人と揉《も》めてる人もいた。書類の不備で受け取りを拒否《きょひ》されているらしく、なんとかしてくれよ、と懇願《こんがん》している。

相談コーナーみたいなのもあって、そこでは書類を一緒に作成してくれるみたいだった。

何となく、確定申告の会場ってこんな感じなのかなと思った。確か、年末だったか年度末だったかにやるんだよね？　もちろん行った事はないけど。

駄目だと言われたらどうしようとドキドキして順番を待ってたけど、私の書類はあっけない程《ほど》簡単に受け取ってもらえた。

差し出した書類を受付の人がパラパラと見て、ギルドの身分証に書いてある私の名前と手元の書類の束を照らし合わせ、表紙の角に何かを書き込んだら、それで終了《しゅうりょう》だった。

ガンテさんに見てもらってたから、形式に不備はなかったんだろう。

「内容に不審《ふしん》な点があれば問い合わせが参ります。初回の提出ですから来る可能性が高いのですが、わたくしが確認致《いた》しましたので、どんな問い合わせが来ても十分な説明が可能です。ミカエル様との帳簿とも整合性がとれておりますし」

「ミカエルさんの方は大丈夫ですか？」

「ええ。まだ終わってはおりませんが、なんとしてでも間に合わせますので」

にこにこしながらも、ガンテさんは少し怖《こわ》かった。

「何から何までありがとうございました」

「いえいえ。セツ様はこれから大変でしょうが、頑張って下さいませ」

「ありがとうございます」

私はそれを、初めての書類を完成させた私への、励《はげ》ましの言葉だと受け取った。

だけど、それが思い違いだった事をすぐに知る。

戻った工房には、山盛りの投擲弾の箱が大量に運び込まれていて、書類が終わったのなら次はこっちを、とリーシェさんに申し訳なさそうに言われたのだった。

＊＊＊＊

ただ修理をしてお金を貰うだけではお店の経営はやっていけないのだと知り、毎日の作業に帳簿付けという新たな業務が増えた。

そしてもう一つ増えた事がある。

ガンテさんと縁《えん》ができて、というか、これからも納税関係でお世話になるという事で、文字を教えてもらえる事になったのだ。

自分から是非《ぜひ》にとお願いしたわけではなく、どちらかと言うとガンテさんが、私に文字を覚えてもらわないと困る、と言い出したのだ。それはもう切実だという勢いで。

書類を作る時に、私が読み書きできないせいで、すごく迷惑《めいわく》をかけてしまったからだろう。

次は複式簿記とかいうやつで出す事にするみたいだし。

私としては涙が出る程ありがたい申し出で、拒否する理由は何もない。

今思うと、平仮名と片仮名と漢字とローマ字と数字と記号を使いこなす日本人ってすんごいよね。その上、顔文字とか絵文字も使ってたし。

文章の形や意味から法則を類推するに、こっちの文法は日本語に近いみたい。ここはゲームの影《えい》響《きょう》なのかな。

英語みたいに日本語と単語の順番が違ったら大変だったし、もっと全然違う文法だったらそれこそもうお手上げだったかもしれないけど、日本語と似ているならなんとかなる。

……そう思っていた時期が私にもありました。

私が基本の文字を覚えてくると、ミカエルさんとガンテさんが本格的に不思議がり始めた。

だって表音文字なんだよ。発音通りに書くだけだ。文字がわかるのに書けないって変だよね。読めないのも明らかにおかしい。

でも私にはその発音がわからないの～!!

って何度も言いそうになったけど、そこはぐっと我慢《がまん》。話し言葉は翻訳《ほんやく》されてるんです、なんて言えないから。

そういう魔導具ってないのかな。もしくは魔法。それがかかってる事にすればもっと話は簡単になるのに。

でも、もう今さら言えないし、聞けない。

実はずっと魔導具で翻訳してましたって言ったら、なら早く言えって言われるに決まってる。そして見せろって言われる。絶対。

ありますか～?　なんて聞いたら、もっと不自然だ。持っているならあるに決まっていて、その存在を聞くのはおかしい。

自力で探して、こっそり手に入れて、実は持ってたんですけど、ちょっと言えない事情で黙《だま》ってました、って言うしかない。

私が読み書きを習得するのと、魔導具をゲットするの、どっちが早いかの勝負だ。

……どっちも無理そう。

というわけで、私の毎日は、午前は選別、午後の前半は練習、後半は勉強、時々修理依頼、というように変わった。

家での時間も勉強に充《あ》てている。

合間にミカエルさんが魔導具について説明してくれて、私もだいぶ詳しくなった。

魔導具は大きく二つに分かれる。

生活に使う物と装備品だ。装備品はさらに武器と防具に分けられる。三つの修理屋さんがそれぞれ得意としている分野と同じだ。

使うとレンズに色がつくだけの眼鏡、なんて謎の魔導具もあるけど、それは一応、生活に使う物として分類されている。

その他に、本当に用途《ようと》がわからない魔導具もある。

スイッチを入れるだけじゃ駄目で、特殊な条件下でしか動作しないのだそう。

光を当てていないといけなかったり、浄化の魔導具みたいに水の中でしか動かなかったり。

もしかしたらその中に、田野倉くんの魔王退治に必要な魔導具もあるのかもしれない。洞窟《どうくつ》の入り口を開くための鍵《かぎ》とか、ロマンがある。

まだ使い方がわかっていないけど、壊れる寸前で試してみる事ができない、っていう魔導具もある。

貴重な物だから、修理レシピが分かるまで王宮で保管されているらしい。

壊れる直前で使えないっていうのは、用途がわかっている魔導具の中にもある。

都市間を結ぶゲートっていうワープ装置もその一つ。

すごく昔は王族なんかが結構頻繁《ひんぱん》に使っていたらしいんだけど、損耗率がたまってしまった今は、全く使えなくなってしまった。最後に使われたのはもう百五十年も前の事だそうだ。

ミカエルさんも、そういった修理方法がわかっていない魔導具のレシピを探《さぐ》る研究をしている。

レシピのない魔導具、私なら修理できそうなのに。

素材がなくても魔力を使えばいいだけだ。

さっきまでミカエルさんが取り組んでいた魔導具に目を向ける。

ミカエルさんは今は席を外していて、テーブルに素材や魔石に囲まれて魔導具が置いてある。

その魔導具は、見た目からランプの魔導具だとすぐわかる。

もう壊れる寸前だってくらい損耗率がたまっていて、真っ黒に曇っていた。

普通のランプの魔導具と同様、ガラスみたいな透明《とうめい》の石の上下を半分に割れた玉子の殻《から》が挟《はさ》んでいるような形をしていて、その殻の表面にはびっしりと紋様《もんよう》が入っている。

だけど、大きさが尋常《じんじょう》じゃない。幼児の頭くらいある。

私は練習用の普通のランプを分解して、中の魔導具を取り出した。

横に並べてみると、その大きさの違いがより際立《きわだ》った。

ミカエルさんが研究しているんだから、この魔導具もレシピがまだわかってないのだろう。

修理レシピがわからない魔導具は、壊れてしまったらそれで終わりだ。

モンスターからドロップするか、宝箱から出てくるのを待つしかない。

これだけ大きな魔導具なら、相当強いモンスターを倒すか、すごくレアな宝箱を開けないといけないんじゃないかな。

マジックバッグがなかったら、持ち帰るのも大変だし。

だけど、貴重だからって需要があるかといえば、そうとは限らない。

こんなの誰《だれ》が欲しがるんだろう。灯台とか？

レシピを見つける意味ってあるんだろうか。

そんな事を思いながら、私は魔導具の紋様を無意識に指でなぞっていた。

この魔導具、私の魔力を使って修理できちゃったりしないかな？

これだけ大きいんだから、きっと魔石をたくさん使う。もしくは大きな魔石が必要だ。

引き出しの中には売るほど魔石があるけど、勝手に使ったら怒られるだろうか。

失敗したらもったいない。

それに、まずは試してみてもいいか、ミカエルさんに聞いてみなくちゃならない。

そうはわかってはいるんだけど、なぜだか、どうしても試してみたい、という欲求が大きくなっていった。

ミカエルさんには修理してもいい魔導具の数を制限されているけど、あくまでも数だ。大きさは何も言われていない。だから問題ないはず。

使った魔石を弁償《べんしょう》しろって——たぶん言われないけど——言われたとして、私はいくらまでなら出せるだろう。

大きな魔石は値段が高すぎるからやめておこう。

まずは小さな魔石でやってみようかな。それなら持ってるし。

ランプが魔力切れになった時用に持ち歩いている魔石の一つを、鞄から出す。

これじゃ絶対魔力足りないよね、とは思うけど、やってみる事に意味がある。失敗したらそれはそれで検証結果の一つとする事ができる。

いつものように両手に持ってやろうとして、こんな大きな魔導具、片手じゃ持てないな、と思い直した。

魔導具に手を伸ばして触れるだけにする。

修理したい、修理したい、と念じながら、大きなランプの魔導具に、手に持った魔石をゆっくりと近づけていく。

距離《きょり》が短くなっていって、魔力の充填だったらこの辺で魔石の光が消えるはず、というところを過ぎても何も起こらなかった。

もしかして上手《うま》くいくんじゃない？

何度か深呼吸をした後、集中して、修理～、と強く念じ、魔石を魔導具にぶつける。

こつん。

何も起こらない。

と思ったら、手の中の魔石の中心、脈打っているはずの光が消えていた。

魔導具は曇ったままだ。

失敗しちゃった。

魔力が足りなさすぎるんだろう。

こんな大きな魔導具をこんな小さな魔石で修理できるわけがない。予想通りだ。

私は、魔石の入っている棚の方を見た。

素材がないせいならどうしようもないけど、もし魔石の魔力不足が原因なら、大きな魔石を使うだけで解決する。

ううん、駄目駄目。

勝手に使うなんて駄目だ。

でも、練習したんだって言えばいいんじゃない？

いやいや、そんなわけない。

ああ、だけど、試してみたい。ちょっとだけ、ちょっとだけでいいから……。

思いついた事をどうしてもどうしてもやってみたくて、私はふらふらと吸い寄せられるように、魔石がしまってある棚の前まで歩いていった。

大きな魔石の入った引き出しを開ける。

そっと魔石に手を伸ばし――。

いや駄目でしょ。

――我に返った。

弁償しろって言われたら払えないって、さっき思ったばっかりじゃん。

私は大きな魔石には手を出さずに、いつもの大きさの魔石が入った引き出しを開けた。

質で挑《いど》めないなら量でいこう。

こっちなら、ある程度の数までなら払えるもんね。

何個にしようか一瞬迷った後、思い切って二十個取り出した。

突然の出費にしては痛すぎるけど、この好奇心《こうきしん》には抗《あらが》えない。

魔石を山盛りにしたカゴをランプの魔導具の横に置く。

あ、私、複数の魔石を同時に使うのってやった事ない。

でも、充填は継《つ》ぎ足しできるし、複数個の魔石を使って修理する事もできる……んじゃないかな？

まあいいか。とにかくやってみよう。

何の確証もなかったけど、やってみる事にした。

私は魔石をテーブルの上に五個出して、そのうちの四つを魔導具に触れさせて置いた。

五個全部持ってぶつける事はできないから、最初からくっつけておこうというわけだ。

魔石を右手で一つ持って、左手を魔導具に添《そ》えて、いざ修理！

「修理～修理～」

目を閉じて、ぶつぶつと念じながら、魔力が魔石から魔導具に移る様子を想像して、私の体からも魔導具に魔力を入れていくように意識する。

こつん、と右手の魔石を魔導具にぶつける。

ゆっくりと目を開けて魔導具を見ると、何の変化もなかった。

だけど、魔石の方はしっかりと魔力が失われている。

「駄目かぁ」

まだ魔石が足りないのかな。それともぶつけてないからかな。

魔石をたくさん持つのはどうやったって無理だから、今できるのは、数を増やす事だけだ。

私は今度は魔石を十個並べて、その上に腕をのせた。

魔導具にぶつける事よりも、触《さわ》っているのが大事だと思ったからだ。何となくだけど。

目をつぶる意味はない事に気づいて、今度は魔導具を凝《ぎょう》視《し》したままやる。

「修理～修理～修理～」

しかし、やっぱり魔石の魔力が抜けるだけだった。

「まだ足りないのかなぁ」

大きさの比から言えば、魔石十個じゃ全然足りない。

でもこれ以上は触れているのも限界だ。脚《あし》も使えばいいの？

ワンピースの裾《すそ》をちょっと持ち上げて、床に並べた魔石の上に大の字になって両腕両脚をのせている自分を想像した。

無理。絵面《えづら》的にやばい。

作業部屋の扉は開けたままで、誰がいつ覗《のぞ》いてくるかわからない。ミカエルさんだって帰ってくるかも。そんな姿は見られたくない。

諦《あきら》めてミカエルさんを待とう。それで大きな魔石を使ってみてもいいか聞くんだ。

そう思って残った魔石を棚の引き出しに戻そうとして、引き出しの中に並んでいる魔石をじっと見た。

魔石が足りないだけなのかも。もっとあればできるのかも。

もう一回だけ。

私は逆に引き出しから三十個の魔石を取り出した。

さっき使わなかった五個と合わせて三十五個になる。

すでに十五個使ってしまっているから、払えと言われたら五十個分だ。私が今出せるお金ギリギリ。

それらをテーブルの上にピラミッドのように積んだ。

一番上の魔石に触れる。左手は大きな魔導具へ。

さっき普通のランプの魔導具の修理に成功した時と全く同じになるように。

いつもの練習の事も思い出す。

素材を用意したって魔力を使ってしまってばかりいるんだから、素材なしでもできるはず。

修理〜、修理〜、修理〜、と強く念じる。

すると、ふっと自分の左手から何かが抜けて、左腕が軽くなったような感じがした。

直後。

ずんっ、と体全体を何かに強く押さえつけられているような衝撃《しょうげき》に襲われた。

急に重力が何倍にもなったような感覚だ。

何……これ……。

そのまま重力に引かれるように、私は椅子から転げ落ちた。

椅子が倒れる音の後、ごんっと木の床に頭をぶつける。

続いて太ももの上に何かが落ちてきた。

ごつんごつんと魔石が床に落ちる音がしたから、たぶんピラミッドが崩れてしまったんだろう。

ころころと目の前に魔石が転がってくる。

乱れた髪の隙間《すきま》から見えた魔石には、もう光は宿っていなかった。

修理、上手くいったのかな……。

そう思ったのを最後に、私は意識を手放した。


——あれ、私どうしたんだっけ？

むくりと起き上がると、体に掛かっていた厚手の布がぱさりと胸元《むなもと》から落ちた。

体の下には白いシーツ。ベッドの上だ。

なんだか体がだるい。頭がガンガンする。

頭に手をやりながら、よろよろとドアから部屋の外に出ると、冒険者ギルドの二階の廊下《ろうか》だった。

という事は、ギルドの医務室で寝《ね》ていたわけだ。

そうだ、私、魔導具を修理しようとして、倒れたんだ。

あの魔導具はどうなったんだろう、と気になって、工房へと向かう。

するとミカエルさんが戻ってきていて、窓際の机に向かっていた。

並んでいるテーブルの一つには、さっき修理をしようとした大きなランプの魔導具がそのまま置いてある。

それは曇りがきれいにとれて、ピカピカになっていた。

成功、したんだ。

「ミ……」

ミカエルさんに呼びかけようとして、喉に異変を感じた。貼りついたようになっていて、声が出ない。

口の中も何か粘《ねば》ついているような？

ていうか甘っ！　何これ甘っ！

唾《つば》が出てきたと思ったら、急に口の中が甘ったるい事に気がついた。

私はこの甘さを知っている。

筋肉痛を治そうとして飲んだポーションの味だ。

これは水を飲まないと無理。

すると、気配を感じてか、ミカエルさんがぐるんとこちらを振り向いた。

「おま……っ！」

そして、目を見開いたかと思うと、勢いよく椅子を蹴倒《けたお》して向かってきた。

「馬鹿者《ばかもの》！」

ミカエルさんはとても怖い顔をしている。

勝手な事をしたから、怒ってるんだ。

「ご、ごめんなさい……」

ミカエルさんの剣幕《けんまく》に怯《おび》えて、私の声は震えていた。

「あんな高ランクの魔導具を修理しようだなどと！　灯台の魔導具だぞ!?」

やっぱり灯台だった。

「ごめっ、ごめんなさいっ。そんな大事な物だって、知らなくて……っ」

「魔導具の心配をしているのではない！　お前だ！」

私？

「ああっ、もう！　これだから田舎者は……！」

私が状況《じょうきょう》を理解していないのを見て、ミカエルさんは前髪《まえがみ》を掻《か》き乱した。

「いいか、魔力が枯渇《こかつ》すると命に関《かか》わる！　魔力ポーションを飲ませるのがあと少し遅《おく》れていたら、お前は死ぬところだったんだ！」

鼻先に何度も指を突きつけられる。

死――。

ぞくり、と背筋が寒くなった。

修理するたびに魔力を使っていたら魔力がいくらあっても足りないから、素材を使って修理できるようにしろ。決められた以上の修理の練習はするな。

ミカエルさんにはずっとそう言われてきた。

私はそれを、魔力が足りなくなれば修理ができなくなる、って解釈《かいしゃく》していた。ゲームで魔力がゼロになると魔法が使えなくなるように。

まさか魔力がなくなると死んじゃうなんて……！

ミカエルさんがここまで怒るのだから、私は本当に危なかったんだろう。

シマリスに囲まれた時の事を思い出した。レストランで男の人に襲われた時の事も。

血の気の引いた私の顔を見て、ミカエルさんは興奮を落ち着《つ》けるように深く息を吐《は》いた。

「知らなかったのなら仕方がない。だが覚えておけ。魔力が尽きると人は死ぬ。二度と勝手な事はするな」

「ごめんなさい……」

そんな危ない事を知らずにやったなんて。

素材を使わずに修理できて便利なのに、なんて軽々しく思っちゃいけなかった。

「まさかこんな初歩ですらない事を先に教えなくてはならなかったとは」

頭を振りながら、はぁ、とミカエルさんが溜め息をつく。

「ごめんなさい……」

「仕方がないと言っただろう。わたしもお前の理解度を確認していなかった」

「ごめんなさい……」

謝る事しかできなかった。

「もういいと言っているだろう。これからは気をつけろ。同じ過《あやま》ちは二度と許さないからな」

「はい」

私は真剣《しんけん》に返事をした。言われなくてももう二度とやらない。死ぬのは怖い。

「もう一本飲んでおけ」

ミカエルさんが赤色の液体の入った小瓶を差し出した。魔力ポーションだ。

すっかり忘れていた口に残る甘みを思い出し、顔が引きつってしまう。

でも、悪いのは自分だ。

小瓶を受け取ると、ミカエルさんはじっと私を見つめた。

目が飲めと言っている。

私は意を決して蓋《ふた》を開け、一息《ひといき》にポーションをあおった。

あっま！

喉をかきむしりたくなるような甘さだ。

「み、水……」

「駄目だ」

私が水を取りに行こうとすると、ミカエルさんに押し留《とど》められた。

「ポーションの効果が弱まる」

そうなんだ。

私が知らなかったのを見てとって、ミカエルさんはまた溜め息をついた。

すごく申し訳ない気持ちになる。

「医務室に戻ってまだしばらく横になっていろ。わたしはギルド職員に報告してくる。みな心配していたぞ」

「自分で――」

「寝ていろ」

有無を言わさない強い口調で言ってから、ミカエルさんは部屋を出ていった。

言われた通りに医務室に戻って大人しく横になっていると、こつこつと足音がして、リーシェさんが入ってきた。

「セツさん！　大丈夫ですか⁉」

起き上がろうとすると、リーシェさんの後ろにいたミカエルさんににらまれたので、頭を戻した。

「心配かけてすみません」

「無事で良かったです。魔力枯渇なんて、どうしようかと思いました。何があったんですか？」

「えっと……」

ちらりとミカエルさんを見ると、ミカエルさんはわずかに首を横に振った。言うなという事だろう。

「ちょっと修理をしすぎちゃったみたいで」

リーシェさんはミカエルさんを振り返った。

これは絶対誤解している。

その背中に、私は慌《あわ》てて言う。

「あ、私が勝手にやったんです。ミカエルさんに言われたわけじゃないです」

「そうですか……。気をつけて下さいね。ギルド長も、他の職員もみんな心配していました」

「はい。ありがとうございます」

「今日はもう上がって下さい」

「でも――」

「当然だな」

平気だと言おうとしたら、ミカエルさんが頷いた。

「まだ回復しきっていないから、しばらく寝かせておく。弟子が迷惑をかけた」

「とんでもありません」

リーシェさんは、無理をしないように、と私に念押しをして、仕事に戻っていった。

不調は感じなかったけど、終業時間になるまでミカエルさんは起き上がるのを許してくれなくて、その日の残りは寝て過ごした。

＊＊＊＊＊

次の日、午前中の投擲弾の選別を終えた私は、昨日ギルドに迷惑をかけてしまったお詫《わ》びに、ギルドの仕事を手伝う事にした。

カウンターの中にいるリーシェさんに声を掛けると、掲示板の更新《こうしん》を一緒にやる事になった。

黒板に書いてあるお知らせを書き換《か》えるのがリーシェさんで、私は依頼の紙の貼り替《か》えを担当する。

お知らせの書き換えは随時だけど、依頼の紙の貼り替えは、一日のタイミングがだいたい決まっていて、その時間に合わせて冒険者たちが集まってくる。

依頼《クエスト》の受付は先着順だから、みんな美味しい依頼を逃《のが》すまいとしているのだ。

冒険者が集まって待機していれば、色々と話も聞こえてくるもので。

最近はずっと工房にいたから、私は久しぶりの生の声に耳をそばだてていた。

「レストンとこの店、今日閉まってるらしい」

「マジ？　鎧《よろい》出したかったのに」

レストンというのは、防具の修理屋さんの名前だ。

修理屋が閉まっているというのは結構なインパクトだ。盾《たて》や鎧が修理できなかったら、みんな困るだろう。

「だから他の修理屋が混んでる。みんな無理言って受けてもらってるって」

「そうなんだ。それって、ここの修理屋も受けてくれんの？」

「どう？」

突然、冒険者さんがこっちを向いて聞いてきた。

私はブンブンと頭を振った。

「うちではメニューにある修理しか受けてないです」

せっかくのお仕事だけど、防具の修理なんてできない。

「だよな」

「残念」

冒険者さんは、全然残念そうじゃない顔で言った。

何となく聞いてきただけだったみたい。

私がやれると言っても、たぶん修理の依頼はしてこないんだろう。

「あ、これ良さそうじゃね？」

「ほんとだ」

冒険者さんたちの興味は、私が今貼ったばかりの依頼に移っていった。

その依頼は近くのモンスターの討伐で、他の討伐依頼同様、そこそこ報酬《ほうしゅう》が高い。

私なら何日もかかる報酬を、冒険者たちはたった一回の討伐で稼《かせ》いでしまう。

装備さえ着けていなければ普通の人に見えるのに。

そういえば、田野倉くんも勇者だけど、ついこの前まで私と同じ高校生だったんだよね。

なのに、今は魔王を倒すための旅に出ている。

田野倉くんって、今頃《いまごろ》どうしてるんだろう。

大丈夫なのかな？　怪我《けが》したりしてないよね？

「どうしました？」

手が止まっていた私に、リーシェさんが声を掛けてきた。お知らせの更新は終わったようだ。

「たの——勇者って今どの辺にいるのかなって」

「勇者様ですか？　なぜ急に？」

「いえ、ただ、大丈夫かなって思っただけです。私たちのために戦ってくれてるんですよね」

「大丈夫ですよ。勇者様ですから」

リーシェさんがにこりと笑った。

「そう、ですよね。勇者ですもんね」

そうだ。田野倉くんは勇者なんだから大丈夫。頭はいいし、剣道《けんどう》の腕もあるし、光魔法も使えるし、何よりこの世界の知識がある。

順調に進んでいるんだろう。

ただのオマケの私が心配しても仕方ない。

私が心配しないといけないのはまずは自分の事だ。

午後、勉強をしていると、ミカエルさんがやってきた。

「珍しいな」

いつもは修理の練習をしている時間だからだろう。

「ミカエルさんを待ってました。修理するのがちょっと怖くて」

お客さんが来てしまったらやるしかないけど、そうじゃないなら、ミカエルさんに見ていてもらいたかった。

「怖がらなくても大丈夫だ」

今までだって練習で魔力不足になった事なんてなかったから、私も絶対大丈夫だとは思う。

思うんだけど、やっぱりちょっと怖い。

ミカエルさんはそんな私の心情を汲《く》んでくれた。

「見てやるから、準備ができたら呼ぶといい」

「ありがとうございます」

私はさっそく練習の準備を始めた。

とはいっても、魔導具と蛍草と水鱗を用意するだけだから、あっという間だ。

「お願いします」

「これを置いておく」

声を掛けると、ミカエルさんは栓《せん》を抜いた赤い魔力ポーションの瓶を私の前に置いた。

「魔力枯渇の兆候が出たらすぐに飲め」

「はい」

絶対飲みたくない、と思いつつ、目の前にあると安心できた。

「ではいきます」

やるのはランプの魔導具の修理。
素材の確認。蛍草一つ。
魔石の確認。通常サイズ一個。
準備はオーケーだ。
あとは修理をするだけ。
左手に魔導具、右手に魔石。
大きく深呼吸をして。
どくどくと心臓が鳴っている。
大丈夫。もし素材じゃなくて魔力を使っちゃったとしても、大した事ない。
ＲＰＧでいえば、初歩の魔法を使うようなもの。魔力は全然減らないはず。
胸に手を当ててもう一度深呼吸。
よし。
修理～、素材を使って修理～、素材を使って修理～。
念じながら、魔導具に魔石をぶつける。
同時に蛍草が光に変わる。
「できた……！」
私はちゃんと素材を使って修理する事ができた。
ふーっとミカエルさんが詰めていた息を深く吐く。
ミカエルさんも心配してくれていたみたい。

「次もいいですか？」

「もちろんだ」

もう一度ランプの魔導具に挑戦《ちょうせん》する。

これも上手くいった。

そして次の浄化の魔導具も。

「今日は調子がいいのかもしれません」

「油断すると失敗するぞ」

「はい」

その後も七つランプや浄化の魔導具を修理したけど、なんと全て成功させる事ができた。

「最高記録です！」

十個も連続で成功するなんて、私にとっては奇跡的だった。

勝率三割から一気に十割になった。

「ミカエルさん、ありがとうございました。もう大丈夫そうです！」

「次は魔力を使ってしまうかもしれない」

「それでも魔力不足にはならないはずですよね。大丈夫です。もう怖くなりました。ありがとうございます」

「そうか。何かあったら呼ぶのだぞ」

「はい」

それから私は何個も練習を続けたけど、魔力を使った修理をしてしまう事はなかった。

昨日の衝撃的な事故を経《へ》て、成長したみたい。

経験値がいっぱい貯《た》まってレベルアップした、とか？

ふふっと笑うと、ミカエルさんに変な目で見られた。


家に帰ると、ドアの取っ手に紐《ひも》が巻き付けてあった。

赤い紐だから、今日って事だよね？

ルカだ！

今声掛けちゃっていいのかな？

そう思っていたら、ルカの部屋のドアが開いた。

藍色《あいいろ》の頭が出てくる。

「飯、作るけど食うか？」

「食べる！」

「じゃ、できたら持ってくわ」

「うん、待ってる」

私が頷くと、ルカは部屋の中に引っ込んだ。

やったー！

心の中で喝采《かっさい》を上げた。

自分の部屋で待っている間、楽しみすぎて私はそわそわしていた。

普段はほとんど夜ご飯を食べないくせに、急にお腹《なか》が空《す》いてくる。

首を長くして待つ事しばし。

ルカがトレイに載せて運んできたのは、ハンバーグだった。

つまりは挽肉《ひきにく》をこねて整形して焼いた料理。上にはケチャップみたいな赤いソースがかかっていた。

「おぉー！」

玄関《げんかん》を開けてすぐ目に飛び込んできたそれを見て、私は感嘆《かんたん》の声を上げた。

こっちでは肉そのものを焼いたりゆでたりする料理ばかりで、ロールズッキーニャみたいに、一手間をかけるようなメニューは少ない。

お店でハンバーグを見かけた事もなかった。

こっちのご飯が好きじゃなくてメニューも読めない私が、ハンバーグを出す店は一軒もない、と言い切れるはずもないけど、珍しい料理である事はわかる。

味を想像してワクワクしながら、ルカがテーブルの上にトレイを置くのを待つ。

「いただきます！」

ぱんっと手を合わせると、やっぱりルカからは不思議そうな視線が向けられた。

聞かれれば理由を答えるつもりだけど、聞いてこないから私も何も言わない。

ナイフとフォークを手に取って、期待を込めて刃《は》を入れる。

思った通り、じゅわっと肉汁《にくじゅう》があふれてきた。

さらに刃を入れると、トロッとした物が出てきた。見た目はチーズだ。チーズ・イン・ハンバーグ。ただしチーズの色が鮮《あざ》やかなオレンジ。

切り分けた部分にフォークを刺《さ》して持ち上げると、びよーんと伸びた。チーズにしか見えない。でもオレンジ。

「これは黒牛と黒豚《くろぶた》の合い挽《び》き肉。中に入ってるのはキザクラの粘液《ねんえき》にアカウリの汁《しる》を混ぜて発酵《はっこう》させた物」

黒豚。

美味しそうな名前だけど、あっちの世界の黒豚とはやっぱり違うよね。

黒牛みたいに、三本の角と二本の尻尾《しっぽ》があって、肉食だったりして。

まるまると太った豚に角が生えている様を想像して、微妙な気持ちになった。

豚に角……似合わない。牙《きば》ならまだわかる。

ただ、どんな見た目だろうと、どうせこれまでもレストランとかで知らずに色々食べてきてるんだから、今さらビビる事はない。

ちらりと見ると、ルカは普通に食べていた。

大丈夫。ルカのご飯だもん。

思い切って口に入れた。

「っ！」

思わず口に手を当てる。

「どうした？」

眉《まゆ》を寄せて固まった私に、ルカは怪訝《けげん》そうな目を向けた。

「美味しい」

想像通りのお肉とチーズの味がした。じゅわっと染み出てきた肉汁には、少し甘みがある。ポーションみたいな甘ったるい甘さじゃなくて、煮詰《につ》めた牛乳みたいに優しい甘さ。

食感はふわっとしていて豆腐《とうふ》ハンバーグみたいだけど、味はお肉のハンバーグで、お母さんが作ってくれたやつに似ていた。

すぐに二口目に手が伸びる。

「美味しいよ。すごく美味しい」

「お前はそればかりだな」

ルカが呆《あき》れたように言った。

確かに私、いつもそれしか言ってない。

何か別の事を言わなくちゃ、と考える。

「えっと……ソースの酸味？　がお肉の美味しさを引き立てて、チーズの香《かお》りがふわっと鼻から抜けて、それで、えーっと、えーっと……」

「語彙《ごい》力」

「ぐっ」

グルメレポーターじゃないもん、と呟いて口を尖《とが》らせると、ルカは私を無視して視線をハンバーグに戻し、食事を再開した。

冷たい！

知ってたけど。

「最近はどうなんだ？」

「何が？」

「仕事」

「そうそう、私、今日は素材を使う修理に連続で成功したよ」

「どういう事だ？」

ルカがハンバーグを食べる手を止めた。

「えっと、魔導具を修理するには、普通は素材と魔石が必要なんだけど、私は素材がなくても修理できるの。ミカエルさんは、私の魔力で素材の属性の魔力を補ってるって言ってた。それで――」

「待て待て。それは普通の魔導具師にもできる事なのか？」

「ううん、今は私しかいないって」

「そうか……」

ルカはあごに手を当てて何かを考え始めた。

私は邪魔しないように静かにハンバーグを食べた。

うん、美味しい。

ルカが物思いから戻って来た後、灯台の魔導具を修理して魔力枯渇になった事を話したら、すっごく怒られた。

閑話《かんわ》・一　防具の修理屋

「でぁぁぁぁっ！」

僕《ぼく》は雄叫《おたけ》びを上げながらゴブリンロードに斬《き》りかかった。

しかしその一撃《いちげき》は、あっけなく両手剣《けん》で防がれてしまう。

何度も受け止められた僕の剣は、刃《は》がこぼれてしまっていた。

一方、ゴブリンロードの方の剣は、傷一つついていない。

僕とゴブリンロードの実力は拮抗《きっこう》していた。このままでは、剣の性能差で僕が負ける。

こんなに硬《かた》いはずはなかったのに。

僕は後ろに飛び退《の》き、剣の鍔《つば》にあるスイッチを押《お》した。

押したまま剣を振《ふ》りかぶり、鋭く宙《するど》を斬る。

ゴウッと音がして、炎《ほのお》の塊《かたまり》が生まれ、ゴブリンロードへと飛んでいった。熱風が顔に当たる。

ゴブリンロードはそれを剣で防ごうとするが、剣に当たった炎は二つに分かれ、ゴブリンロードの胸にぶつかった。

革の鎧《よろい》に焦《こ》げ目ができる。

僕は立て続けに炎を放った。

そのうちの二発は避《よ》けられてしまったが、命中した炎は鎧に穴を開け、ゴブリンロードは火傷《やけど》を負った。

ゴブリンロードは炎に弱い。

もう一発放とうとした時、ぱきりと手の中で柄《つか》が割れた。損耗率《そんもうりつ》がたまりすぎて壊《こわ》れたのだ。

僕は剣をゴブリンロードに向かって投げつけ、腰《こし》に差したもう一本の剣を抜《ぬ》いた。

そのタイミングを狙《ねら》われ、投げた剣を避けたゴブリンロードが僕に斬りかかってきた。

剣の腹で受け止める。

ガキンと火花が飛び散った。

鍔のスイッチを入れると、今度は刀身が炎に包まれた。

しかし、ゴブリンロードは構わず立て続けに剣を振るってきた。

剣を構えて受け止めるたびに、火の粉が舞《ま》う。

それが僕の髪《かみ》の毛に当たったのか、焦げたような臭《にお》いがした。

駄目《だめ》だ。相手に届かなければ意味がない。

スイッチを入れたままでは損耗率がたまり、あっという間に壊れてしまうだろう。

僕は諦《あきら》めて剣のスイッチを切った。

後ろからダイヤの呪文《じゅもん》が聞こえてきて、僕の体が淡《あわ》く光った。防御力《ぼうぎょりょく》を上げる聖魔法《せいまほう》だ。

だが、ゴブリンならともかく、ゴブリンロードには通用しない。

攻撃《こうげき》を完全に撥《は》ね返すまではいかず、ゴブリンロードの全力の攻撃を食らえば、少なからず傷を負うだろう。

「くっ」

剣を弾《はじ》かれて体勢を崩《くず》し、次の攻撃を僕は体を反《そ》らせて避けた。

だが、避けきれずに右腕《みぎうで》に当たる。

ピッと血が飛んだ。

腕がしびれて剣を取り落としそうになる。

防御魔法《ぼうぎょ》のお陰《かげ》で傷は深くない。

だが、少しの痛みでも体の動きは鈍《にぶ》くなってしまう。

ゲームなら、どこに当たっても体力《HP》が減るだけなのに。

僕は腰につけていた火炎弾《かえんだん》の一つを投げ、ゴブリンロードが炎に怯《ひる》む隙《すき》に下がろうとした。

しかしゴブリンロードは、背丈《せたけ》ほどもある炎をものともせずに突《つ》き進んできた。

「くそっ」

体勢を立て直しきれず、かろうじて剣を受け止めたものの、負傷して握力《あくりょく》の落ちた右手は、剣を取り落としてしまった。

僕は下がりながら、腰の火炎弾を再び投げる。

一つ、二つ、三つ。

やはりゴブリンロードは炎の中を突っ込《こ》んでくる。

四つ、五つ、六つ。

「ぐおぉっ」

続けざまの炎の攻撃にあぶられて、ついにゴブリンロードが悲鳴を上げた。片手で顔を覆《おお》っている。

「聖剣《セイント・ソード》！」

僕は七つ目――最後の火炎弾を投げると同時に呪文を唱えた。

手の中に光でできた剣が生まれる。

勇者にしか使えない特別な魔法だ。

僕は右手を引き、炎の向こうのゴブリンロードの腹に向かって、思いっきり剣を刺《さ》した。

ゴブリンの腹に、僕の顔ほどもある大きな穴があいた。

光の剣がふっと消える。

ギャァアァアァアァアツ。

ゴブリンロードは断末魔《だんまつま》の叫《さけ》び声を上げて、地面に倒《たお》れ、そして霧《きり》となって消えた。

「はぁ、はぁ、はぁ……」

僕も地面に倒れ込む。

「勇者様っ！」

ダイヤが駆《か》け寄ってきた。

「大丈夫《だいじょうぶ》。魔力切れだよ」

聖剣《セイント・ソード》は超《ちょう》強力な魔法だが、魔力消費量が大きい。今の僕のレベルでは一瞬《いっしゅん》生み出すのが精一杯《せいいっぱい》だった。

「怪我《けが》の治療《ちりょう》をしますね」

ダイヤが回復魔法を唱えると光が怪我をした肘下《ひじした》を覆い、温かい感触《かんしょく》に包まれた。

すっと傷が消える。

だが、赤く流れた血や、切られた服はそのままだ。

森の中の探索《たんさく》やこれまでの戦闘《せんとう》で、もう服はボロボロだった。

ゲームの世界なら、服の損傷など気にしなくていいはずなのに。

僕は上体を起こした。

「魔力ポーションをどうぞ」

「ありがとう」

ダイヤが渡《わた》してくれたポーションを飲む。

魔力切れ特有の、ぐらぐらとした眩暈《めまい》がなくなった。

「ステータス・オープン」

ステータス画面を見れば、魔力《MP》が少し回復していた。体力《HP》は満タンに近い。

「不発がなくて助かった」

投げた火炎弾のどれか一つでも不発だったら、腕の一本は斬り飛ばされていたかもしれない。

勇者であるこの僕が、こんな序盤《じょばん》のボス相手に万が一にも負けるわけはないが、さらなる苦戦を強《し》いられる事にはなっただろう。

いざという時のロイヤル・ポーションは国王に貰《もら》っている。しかし、ウルトラレアなアイテムだ。序盤では使いたくない。

「王都から流れてきた物のようですの。近頃《ちかごろ》王都の投擲弾《とうてきだん》の不発率が下がったと聞きましたわ」

「それはないよ。投擲弾の不発率は固定でしょ。運が良かっただけだよ」

ステータスに運というパラメータはないから、勇者だからといってそういった補正はない。本当にただの偶然だ。

僕は立ち上がり、ゴブリンロードがドロップした水竜《すいりゅう》の盾《たて》を拾い上げた。

目的を達し、僕らはパルティン神殿《しんでん》の入り口へと数日かけて戻《もど》った。

キャンプ地に一人残っていた男に、手に入れた水竜の盾を渡し、マジックバッグの中から素材と魔石を出してそれも渡す。

先日合流した防具専門の修理屋だ。

ゴルデオン山脈の火竜がどうしても倒せなかった僕らは、ダイヤの権力で王都の修理屋を呼び寄せた。

僕らに同行している間、王都では誰《だれ》も防具の修理ができなくなるが、魔王を倒す旅をしている勇者が優先されるのは当たり前の事だ。

この修理屋に水竜の盾を修理させて、損耗率がゼロの状態の盾をたくさん持って行けば、火竜は必ず倒せる。

そう、思っていたのに——。

「それで、いつできそう?」

修理屋の左後ろには、修理を終えた盾が二枚置いてあり、右後ろには、まだ修理をしていない盾が五枚置いてある。

「難航している」

修理屋はぶっきらぼうに言った。

いつも同じ言葉だ。

僕らが神殿にいる間に何日もあったはずなのに、出発した時から一枚も成功していない。

修理前の盾がたまっていく一方だ。

「素材はちゃんと用意しているでしょう⁉　どうしてできないの⁉」

ダイヤがイライラを隠《かく》さずに言った。

「質が良くないからな」

「じゃああなたが採りに行きなさいよ」

「俺《おれ》には戦闘能力がない」

「〜〜〜〜っ！」

悪びれずにのたまう修理屋に、ダイヤが癇癪《かんしゃく》を起こしそうになる。

「このおっさんだって、悪気があって失敗してるんじゃねぇんだからさ。水竜の盾はランクが高ぇんだし、時間がかかるのは仕方ねぇって」

宥《なだ》めるのはルビィだ。

冒険者《ぼうけんしゃ》として活躍《かつやく》していたルビィは、この辺りの事情に詳《くわ》しい。

「それにしたって、時間がかかりすぎじゃありませんこと⁉　素材も魔石も大量に使って！　修理と言っても、ただじっと突っ立ってるだけですわ！」

「だから、ランクが高ぇから難しいんだって。このランクじゃ、素材次第で一枚に十日待たされるなんてザラだぜ？」

急《せ》かすダイヤとは反対に、ルビィはのんびりとしていた。

僕は溜め息をついた。

「仕方ないね、ただ待っているのは時間がもったいないから、明日また神殿に行こう」

「だな」

「……わかりましたわ」

ダイヤが納得《なっとく》していないのは丸わかりだったが、他に僕たちにできることはない。

「ちょっと近くを見てくるよ」

「わたくしも行きますわ」

「あたしも行く」

「大丈夫。本当に近くだから」

二人の申し出を断って、聖魔法の結界で守られたキャンプ地を出る。

少し離《はな》れると、さっそくモンスターが襲《おそ》ってきた。

それを剣でなぎ払《はら》う。

「素材の質が悪いってどういう事だよ！」

僕はモンスターに怒《いか》りをぶつけていった。

そんなもの、ゲームにはなかった。素材は素材だ。全部一緒《いっしょ》くただった。

「一枚の修理に十日もかかるなんてあり得ないだろ！」

ゲームなら素材と魔石と費用さえ揃《そろ》っていれば、修理メニューを選ぶだけで一瞬で修理できた。

イベントであればまた後で来るように指示される事もあるが、こういった普通《ふつう》の修理で待たされる事はない。

「くそっ！」

しばらくモンスターを屠《ほふ》り続け、怒りが収まってから、僕はキャンプ地へと戻った。

第二章　ボス級防具の登場です

次の休みの日、私は久しぶりに料理に挑戦《ちょうせん》していた。

ルカに触発《しょくはつ》されたのだ。

こっちの世界の食材の味がいくら美味《おい》しくなくても、ルカはそれを使って美味しいご飯を作っているんだから、工夫《くふう》すれば私にだってできるはず。

秘訣《ひけつ》は教えてもらえないけど、試行錯誤《さくご》すればたどり着けるかもしれない。

今日のメニューは、お馴染《なじ》み、コカトリスソテー。

焼くだけなんだから、簡単にできるはずなんだ。

お肉屋のおじさんに焼き方のコツも聞いておいた。

コカトリスに合う香辛料《こうしんりょう》も教えてもらった。

ルカが使ってる胡椒《こしょう》みたいなスパイスではないけど、少しは美味しくなるはず。

今夜こそ成功させるぞ、と意気《いき》込《ご》む。

フライパンをコンロの上に置いてスイッチを入れ、フライパンが温まったところで油を引――こうとしたら、ぼぼっと音がして、火が消えた。

魔力《まりょく》切れだ。出鼻《でばな》をくじかれた。

まあ、作ってる途中《とちゅう》じゃなかっただけいいか。

私は棚《たな》の引き出しから魔石を三個取ってきた。

一気に満タンまで入れてしまおうと思ったのだ。

大きな魔石なら一個で済むけど、高くつく。もったいない。

スイッチを切って、あっちなら魚焼き器が入っている所に収まっている魔導具を取り出す。

うん。良かった。壊《こわ》れてない。

うっかり魔力で修理をしてしまわないよう、ここで深呼吸。

損耗率《そんもうりつ》はたまっているけど、壊れそうになるまでにはまだまだかかる。修理するのは当分先だ。

ゲームなら修理と充填《じゆうてん》はコマンドで使い分けられるんだろうな。

もしくは、普段《ふだん》は充填で、修理は特別な場所だけでできるとか。

そう思うけど、現実はゲームじゃないんだから仕方がない。

よし。

集中して魔石を近づける。

充填～、充填～、充填～。

魔石の光がふっと消えた。

でも魔導具の損耗率は変わらない。

よし、充填成功だ。

あと二つ。

王宮で何も考えずにランプの魔導具を充填していた時が懐《なつ》かしい。

その頃《ころ》よりは、できる事が増えたという証しだ。

集中し直して、私は二回目の充填に成功した。

三回目も同様に充填はできた。

けど、魔石にはまだ赤い光の明滅《めいめつ》がわずかに残っていた。魔力が全部入りきらなかったのだ。

そしてその光はすぐに消えてしまった。

使いかけの魔石の魔力は空気中に放出されてしまう。

もったいない……！

ほんの少しだったけど、魔導具の魔力容量を見誤ったのが悔《くや》しい。

お金にすごく困っている時だったら涙《なみだ》を呑《の》んでいるところだ。

今は金欠状態からは脱《だっ》しているとはいえ、もったいないものはもったいない。

充填した魔導具をコンロに戻《もど》してスイッチを入れると、今度はちゃんと火がついた。

よしよし。

再びフライパンが温まるのを待って、油を入れる。

フライパンを大きく円を描《えが》くように動かして油を馴染ませる。

余分な油は布で吸い取って取り除く。

コカトリスからたくさん油が出て、そのまま焼くと油でギトギトになってしまうからだ。

焼いている間も吸い取るといいそう。

キッチンペーパーなんて便利な物はない。もちろんティッシュペーパーだってない。トイレットペーパーがあるのが奇跡《きせき》なのだ。

コカトリスの肉には、おじさんに言われた通りに下味をつけてある。

それをフライパンへと静かに投入。皮のついている側が下だ。

片面が焼き上がるのをじっと待つ。何度もひっくり返してはいけない。

ぼーっとお肉を眺《なが》めながら、さっき魔力が切れたコンロの魔導具の事を考えた。

魔導具はスイッチを入れる時に魔力切れになる事が多いらしいけど、もしかして、起動する時にはたくさん魔力を使うのかな。

じゃあ、小まめにつけたり消したりするより、動かしっぱなしの方が魔力が減らなくてお得だったりする？

今度確かめてみようか。

魔石一個分の魔力を吸わせて、つけたり消したりするのと、動かしっぱなしにするの、どっちの消費が早いか比べればいい。

やるとしたら、浄化《じょうか》の魔導具だと水の汚《きたな》さに左右されそうだから、ランプの魔導具かな。

でも、ずっとつけておくのは簡単だけど、魔力が切れるまでオン・オフを続けるのは大変そう。

お肉の側面の色が半分まで変わったところで、お肉の下にフォークを差し込《こ》み、裏面がしっかり焼けたのを確認《かくにん》。

くるんとお肉をひっくり返す。

焼き色がついていて美味しそうだ。

……見た目はね。

もう一度布で油を吸ってから、裏面が焼けるのを待つ。

魔導具は、魔力がなくなったら動かなくなるんだよね？　電池が切れるのと一緒《いっしょ》。

逆に言えば、動くっていう事は、電池が残ってるって事。それを消費して動く。

あれ？

じゃあ、投擲弾《とうてきだん》の魔力ってどうなってるんだろう。

動くって事は、魔力が入ってるんだよね。

モンスターからドロップしたり、ダンジョンの宝箱から出てくる魔導具には、魔力が入っているけど、その量はまちまちだ。常に満タンなわけじゃない。

もしも投擲弾に入っている魔力が足りなかったらどうなるんだろう。

魔力が足りないんだから、起動もしなくて、何も起こらないはずだよね。

でも投擲弾は、使ったら必ず消えてなくなる。

不発弾でも消えるって事は、魔導具としては一応動いてる事になる。

だって、物が突然《とつぜん》消えるなんて、魔法か魔導具の機能じゃなければ説明がつかない。

スマホとか、電池がなくて電源がつかない時でも、電池切れのマークは出てたよね。

あんな風に、最低限の魔力で最低限の機能だけ動いているって事はない？

起動の時に魔力が足りなかったら、光ったり炎《ほのお》を出したりするところはすっ飛ばしちゃって、最後の消える機能だけ動くんじゃないかな。

そう考えると、投擲弾によって当たりとハズレがあるのも、元々入っている魔力の量にムラがあるからだって考える事もできる。

魔導具が起動の時に魔力切れになりがちなのは、魔力が一定量ないと起動しないようになっているからなのかも。その時にたくさん使って切れるんじゃなくて。

なら、ハズレの投擲弾に魔力を充填すれば、ハズレじゃなくなる……？

それってすごくない⁉

「あっ‼」

変な匂《にお》いがしてきて、私ははっと目線を落とした。

考え事に夢中になって、フライパン見てなかった！

慌《あわ》ててコンロのスイッチを切る。

フォークでめくって見れば、しっかりと焦《こ》げていた。

そんなぁ……。

今回こそは成功させるって思ったのに。

でも、焦げてても味は美味しいかもしれないもんね。

片面が黒くなってしまったコカトリスソテーを皿に載《の》せて、テーブルへ。

付け合わせは相変わらずない。

サラダなら調理しなくていいのはわかってるけど、あのえぐみをわざわざ口にしなくてもって思っちゃって。健康を考えたら、朝ご飯とたまのルカのご飯だけじゃ足りないんだけど。

椅子《いす》に座《すわ》って、ナイフとフォークでお肉を切る。

これも最初はちゃんと焼けてるのかわからなくて、フライパンの上で切ったんだよね。

その時に比べれば随分《ずいぶん》成長したと思う。

問題はその味。

私は一口大に切ったお肉を右手に持ち替《か》えたフォークで刺《さ》して持ち上げた。

匂いは美味しそうだ。

ちょっと香《こう》ばしすぎるとは思うけど、全然許容範囲《はんい》。

油を吸い取りながら作ったから、ギトギトしているわけでもない。

いざ、実食！

ばくり。

最初にきたのは、やっぱり香ばしさ。というか、焦げ臭《くさ》さ。

焦がしたのだから当然だ。

次にきたのは塩味。

で――。

「うぐっ」

肉の臭みががつんときた。

だいぶ食べ慣れてきたとはいえ、それでもきつい。

まあ、ルカに食べさせたアレ程《ほど》の凄《すさ》まじさはないけど。

味付けを教えてくれたお肉屋のおじさんに感謝。

鼻から息が出ないように気をつけて高速で咀嚼《そしやく》し、うっすらと涙目になりながら、私は一口目を飲み込んだ。

お皿の上には一口分だけ減ったコカトリスソテーが残っている。

お残しが許されない家訓と、作った者の責任として、私は全《すべ》てを食べきった。

全部食べられただけ、上達したということにしよう。

＊＊＊＊＊

休み明けの朝、私は投擲弾の検証をすべく、わくわくしながら冒険者《ぼうけんしゃ》ギルドに向かった。

一晩明けて、少し冷静にはなった。

投擲弾に魔力を充填してみるなんて、誰《だれ》でも考えそうな事だ。

今までに色んな人が思いついて、試《ため》していてもおかしくない。

で、失敗だった。

だけど、万が一って事もある。

あっちの世界からやってきて、投擲弾には一定の確率で不発弾《ハズレ》がある、っていう常識を刷り込まれていない私だからこそ思いついた事なのかもしれない。

一階で修理屋の看板を「開店中」にした後、ギルドの二階に上がった。

ミカエルさんはまだ来ていない。

今日の選別用の投擲弾の木箱はすでに運び込まれていて、その中から不発弾を一個取り出した。

不発弾はどうせ処分するものだから、好きなだけ研究に使っていい、とギルドからは言われている。

今までは使いようがなかったけど、ようやく役に立つ時が来た。

鞄《かばん》から自分の予備の魔石を取り出す。

選別の仕事を先にやって、時間ができた時にでも試すのが正しいのかもしれないけど、気がそぞろなまま作業するのは良くない。選別を間違《まちが》えたら大変だ。

また勝手にやったって怒《おこ》られるかな。

ううん、魔力を充填してみるだけだもん。大丈夫《だいじょうぶ》だよね。

念のため、栓《せん》を抜《ぬ》いた魔力ポーションの瓶《びん》をすぐに飲める所に準備する。

手に持っているのは、お馴染みの閃光弾《せんこうだん》だ。検証の時は光るだけの閃光弾に限る。

まずはじっくりと観察。

うん。不発弾だ。間違いなく不発弾。

見た目は他のと変わらない。でも、私の第六感的なものが不発弾だと言っている。

投げてみれば確実だけど、使い捨てだから試したら消えちゃうし、私の選別が百発百中なのはとっくに検証済みなんだから、今さらその前提を疑う意味はない。

どきどき。

充填、と念じながら、右手の不発弾と、左手の魔石をゆっくりと近づけていく。

「……」

何も起きなかった。

閃光弾は変わらずハズレだったし、魔石の中心の赤い光もそのままの強さで鼓動《こどう》のように点滅《てんめつ》している。

いやいや。もう一回やってみよう。

二つを離《はな》し、もう一度近づけていく。

「……」

だけど、やっぱり何も起きない。

念じ方が足りないのかな。

「充〜填〜」

「充填！」

「充っ填っ！」

最後の方は立ち上がり、変身ヒーローばりに叫《さけ》んでみたけど、それでも何も起こらなかった。

「駄目《だめ》かぁ……」

ぺたりとその場に座り込む。

うーん。

私は両手の投擲弾と魔石を眺めた。

やっぱり充填はできないのかな。

「こうさ、ゲームならさ、合成とかさ……」

ぶつぶつと言いながら、閃光弾と魔石を、ごつんと強くぶつけ合わせた時——。

「あれっ？」

閃光弾の感じが変わった。

思わず二度見する。

「これ、ハズレじゃない……？」

私の見立てが外れたの⁉

びっくりしていると、今度は右手に持っていた魔石の明滅がふっと消えた。

え？　どゆこと？

「……」

たっぷり三秒間固まった後、私の口元はじわじわと緩《ゆる》んでいった。

今、魔力が移ったんだよね⁉

魔石の光が消えたのは魔力が抜けたからで、それは魔石を使ったからで、つまり魔石の魔力が閃光弾に充填されたって事だよね⁉

で、さっきまでハズレだったはずの閃光弾が当たりになってるって事は、つまり、魔力を充填すればハズレじゃなくなるって事だよね⁉

やっぱり、投擲弾の不発は魔力不足のせいだったんだ！

「やったー‼」

思いっきり両手を上げて声を上げる。

おっと。

勢い余って手の中の閃光弾と魔石を放《ほう》り投げちゃうところだった。

いやいや喜ぶのはまだ早いぞ。

ちゃんと確かめなきゃ。この閃光弾が「当たり」なのかを。

確かめる方法は一つだけ。この閃光弾を――投げるっ！

私はスイッチを入れて、閃光弾を壁《かべ》に向かって投げた。

コンッ。

カッ――。

壁に当たった閃光弾は、見事に光った。

「わっ」

期待しすぎてしっかりと見つめていた私は、強い光をばっちりと食らってしまう。

「ふふふ……ふふっ……ふふふっ」

眩《まぶ》しさに目を押《お》さえながらも、私は笑っていた。

やった！

投擲弾の不発弾は不良品なんかじゃない！　魔力が足りないだけ！　充填すれば当たりになる！

これで誰もハズレに悩《なや》まされる事はない。

取りあえず全部充填しちゃえばいいいんだから。

充填なら誰でもできる。

……あれ、ちょっと待って。

それって選別が要《い》らなくなるって事？

じゃあ、私の仕事は……？

修理屋の仕事は閑古鳥《かんこどり》が鳴いている状態で、今の私は少なくなった選別の仕事で食べているようなものなのに、その仕事もなくなっちゃったら、どうやって生きていけばいいの？

魔導具の仕分けならやらせてもらえると思うけど、それなら魔導具師である必要はないから、以前の安いお給料に逆戻《ぎゃくもど》りしちゃう。

どうしよう。

「これ、黙《だま》ってた方がいいのかな……」

いや、言うか言わないかを決める前に、まずは本当に充填で不発弾《ハズレ》が当たりになるのかを確かめよう。

私は持っていた残り二個の魔石を使って、不発の閃光弾を二個当たりに変えた。

何度か失敗したけど、変える事はできた。

二つとも実際に投げて当たりである事を確かめた。

やっぱり魔石で魔力を充填すれば当たりにできちゃうんだ。

念のため、火炎弾《かえんだん》や水流弾もいくつか試してみた。魔石は棚の中の物を使わせてもらった。

あとで精算できるように、ちゃんとメモに記録しておく。

午後になってミカエルさんが来るまで、選別の仕事や修理の練習をしながら、私は言うか言わないか悩んだまま過ごした。


「どうした。何かあったか」

工房《こうぼう》に来るやいなや、ミカエルさんが私に近づいて来た。

私の様子がおかしいことに気づいたみたいだ。

「ミカエルさん……」

言うかどうか、まだ迷っていて、答えられない。

「疲《つか》れているのか？　ならば回復ポーションを飲め。まさか魔力枯渇《こかつ》ではないだろうな。それなら魔力ポーションを――」

ミカエルさんは私の顔に手を当てて、心配そうに目を覗《のぞ》き込んできた。

金のまつ毛に縁取《ふちど》られた真《ま》っ青《さお》な瞳《ひとみ》がすぐ目の前にある。

いやだから近いって！

焦《あせ》った私は一歩下がってミカエルさんの手から逃《に》げた。

ミカエルさんが不満そうに眉《まゆ》を寄せる。

「体は大丈夫です」

「ではどうしたのだ。修理の練習が上手《うま》くいっていないのか？　たまにはそういう時もある。修理は心身の状態が影響《えいきょう》すると言っただろう。調子の善《よ》し悪《あ》しがあるのは当然なのだ」

今日、練習が上手くいっていないのはその通りだ。

心身の状態が影響しているというのも。

正確には精神の影響。

迷いが修理にも表れている。

充填になってしまったり、素材を使ってしまったりするだけじゃない。何度も修理に失敗していて、魔石をたくさん無駄《むだ》にしてしまった。

「その、私――――」

駄目だ。やっぱり言おう。

黙ってなんていられない。

私の師匠《ししょう》なんだから。何でも言っておかなくちゃ。

それに、こんなに心配してくれているのに、ミカエルさんに隠《かく》し事があるせいだなんて、申し訳なさすぎる。

「あの、私――」

ミカエルさんは言葉に詰《つ》まる私をじっと待ってくれていた。

「不発弾の充填に成功しました」

「何？」

ミカエルさんは眉をひそめた。

説明下手くそか！

我ながら突拍子《とつぴょうし》もなさすぎる。

でも他にどう説明すればいいの？

「えっと、不発弾は魔力不足が原因だったんです。だから、魔力を充填すれば、不発弾を当たりにする事ができるんです」

ぽかん、とミカエルさんは口を開けていた。

私の方は、言いながらだんだん興奮してきた。

だってこれは世紀の大発見というやつではないだろうか。

私の仕事はなくなっちゃうかもしれないけど、今まで誰も気づいていなかったとしたら、やっぱりすごい事なんじゃない？

不発弾をなくせる事が広まれば、私がシマリスに襲《おそ》われた時みたいな、不発弾の連続でピンチになる事故がなくなるんだから。

「あのですね、投擲弾には魔力が含《ふく》まれていますよね。その魔力でそれぞれの現象を起こした後、消えてなくなります。不発弾は魔力が足りていない状態で、光ったり、炎を出したりはできなくて、最後の消えるっていう現象だけが起こるんです。だから、足りない分の魔力を魔石で補ってやれば――」

意味が理解できていなさそうなミカエルさんになんとかわかってもらおうと一生懸命《いっしょうけんめい》説明をしていたら、ミカエルさんが片手を額に当て、もう片方の手の平をこちらに向けて、ストップのジェスチャーをした。

「今、投擲弾に魔力を充填したと言ったか？」

「言いました」

「それで、不発弾がそうではなくなったと？」

「はい！」

「少し待て。考える」

私が力強く肯定《こうてい》すると、ミカエルさんはくるりと後ろを向いて、両手で顔を覆《おお》った。

すごい、とか、よくやった、とか言ってくれるのかと思ったけど、ミカエルさんの反応的にそうではなさそう。

こんな当たり前の事が今までわかっていなかったなんて、とショックを受けているんだろうか。

しばらくそうした後、ミカエルさんはこちらに向き直った。

「セツ」

「はい」

「まず、投擲弾に魔力を充填する事はできない」

「できるんです！　できました」

「いや、できない。投擲弾の魔力はどれも一杯《いっぱい》になっている。魔力が不足している投擲弾など聞いた事がない」

「でも――」

「魔導具の充填率が見える者がいるのは知っているな？」

「あっ」

そうだ。魔導具師の中には、魔導具にどれだけ魔力が入っているのかがわかる人もいる。

もし投擲弾の不発が魔力不足のせいなんだったら、見える人たちがとっくにそう言ってるはずだ。

それに、不発弾を見分ける事だって、簡単にできたはず。

ミカエルさんは前に、不発弾が見分けられる能力は前代未聞《みもん》だって言っていた。

「あー……」

なんで先に気づかなかったんだろう。

充填すれば当たりになるなんて、そんなわけないとは思ってたけど、もしかしたらという気持ちもあったもんだから、なんだかすごくがっかりしてしまった。

がっくりと肩《かた》を落として天井《てんじょう》を仰《あお》ぐ。

いや、待って。

「でもできたんです。不発弾を当たりに！」

それは事実だ。とにかくできた。

「であるならば、それはセツの固有の能力だろうな」

「私の？」

「セツの師になるにあたり、これまでの魔導具師の記録に目を通したが、そのような能力のある魔導具師はこれまでに存在していない。不発弾の選別と同じように、セツにだけ備わっている能力であり、記録上初めての能力だ。投擲弾の不発という性質を変えるのだから、言うなれば性質変化といったところか」

「性質変化……私だけの、能力」

「セツが言うからには真実なのだろうが、念のため実際に確認したい」

「わかりました」

私は選別を終えて不発弾だけが入っている箱から、閃光弾を取り出した。

「これは不発です」

ミカエルさんは頷《うなず》いたけど、一応私はそれを床《ゆか》に向かって投げつけた。

コンッ。

床に当たった閃光弾は、光を発する事なく空気中に溶《と》けた。

「間違いなく不発弾だったな」

私は次の閃光弾を手に取る。

「これも不発弾です」

ミカエルさんはまた頷いた。

投げてみなければ本当に不発なのかはわからない。

だけど、さっき私が検証していた時と同じで、私が見分けられるっていう前提は動かさない。

「充填……じゃなかった、性質変化、させてみますね」

魔石を左手で持つ。

充填～、でいいのかな？

まあいいか。さっきはそれでできたんだし。

投擲弾に魔力を充填するつもりで、ゆっくりと魔石を近づけていく。

こつん。

「……」

「……」

何も起こらなかった。

魔石の魔力は残っている。

「いや、これは、たまたま失敗しただけで、失敗はするんですけど、何度かやれば……」

「もう一度」

ミカエルさんの口調は、私が魔導具師なのかどうかテストした時のように真剣《しんけん》だった。

だけど、あの時のような厳しさは感じない。

「もう一度やりますね」

ゆっくりと閃光弾と魔石を近づけて――。

こつん。

すっと閃光弾の感じが変わる。当たりになったのだ。

魔石の魔力もなくなっていた。

「できました」

「今その閃光弾は不発弾ではなくなっているのだな？」

「はい」

私はミカエルさんが目を背《そむ》けるのを確かめてから、左腕《ひだりうで》で目をかばいつつ、右手の閃光弾を床に投げつけた。

カッ。

閃光弾が床に当たった次の瞬間《しゅんかん》、眩《まばゆ》い光があふれ出す。

「ふむ……」

ミカエルさんがあごに手を当てて考え込んでいる。

「もう一つやりますか？」

「いや、必要ない。いくつやっても同じだろう」

ミカエルさんはあごにあった手を下ろした。

「魔石の魔力が抜けて閃光弾に吸い込まれるのが見えた」

私の左手と、右手を指差す。

現象から魔石の魔力を使っていたのは明らかだったけど、魔力の移動が見えるミカエルさんが言うんだから、事実としてもそうなのだろう。

「だがな――」

私を見るミカエルさんの目が厳しくなる。

「セツの魔力も使われていたぞ」

「え？」

私は自分の右手を見た。

「魔力が抜けていく感覚なんて全然なかったです」

「わずかだったから、感じとれないのかもしれないな。魔力を使う経験を積めばそのうちわかるようになるだろう」

「へぇ」

「感心している場合ではない！」

ミカエルさんはゴンッとテーブルを拳《こぶし》で叩《たた》いた。

「ひぇっ」

怖《こわ》くはなかったけど、びっくりして声が出た。

「また勝手な事をしたな！　使用量がわずかだったから良かったものの、先日のように倒《たお》れたらどうする！」

「でも、魔力の充填だと思ってましたし、それに、魔力ポーションもちゃんと近くに……」

「でもではない！」

「はいぃぃぃぃぃ！　ごめんなさいっ！」

もごもごと言い訳をしていると怒られた。

「まったく……」

ミカエルさんは片手で目を覆うと、溜め息をついた。

「本当に何をしでかすかわからないな。こうなれば仕方がない。わたしのいない場で魔導具に触《ふ》れる事を禁じる」

「ええっ⁉　修理屋の仕事はどうなるんですか⁉　選別の仕事は⁉　練習は⁉」

ミカエルさんはずっと工房にいるわけじゃない。

修理屋をオープンした頃こそいてくれてたけど、最近は午後にならないと来ない事が多いし、顔だけ出して帰ってしまう事もある。

そうすると、午前中は何もできないし、午後もほとんど何もできない。

「それが困るのなら勝手をするな！」

「はいっ！　すみませんでした！」

ごもっともだ。

「それで」

ミカエルさんは不発弾を一つ手に取った。

「性質変化ができる件だが――」

そうだった。そっちの話がまだだった。

「ひとまず上に報告はしておく」

「お願いします」

王宮に呼ばれたりしませんように、と胸の前で魔石ごと手を握《にぎ》り締《し》めて願った。

でもそんな事になれば、きっとミカエルさんが助けてくれるだろう、と信じる事にする。

「私の選別の仕事はどうなるんでしょうか？」

「変わらないだろう」

「え？　だって、不発弾をなくせるなら選別の必要が――」

あれ？　充填じゃなくて性質変化で、でもって私しかできる人がいないって事は、選別の仕事がなくなるわけじゃないのか。

「あ、えっと、選別だけじゃなくて、性質変化もするようになるんでしょうか？」

「それはないな」

ミカエルさんが首を振《ふ》った。

「どうしてですか？　捨てちゃう不発弾が当たりになるなら、ギルドにとっても嬉《うれ》しいんじゃ？」

「不発弾を一つ変化させるのに、魔石を一つ使うのだろう？　それが売り物になるとはいえ、完全に赤字だ。捨てた方がまだ安くつく」

「確かに……」

「ギルドの判断は違《ちが》うかもしれないがな。損得勘定《かんじょう》だけで考えれば、やらないという判断が妥当《だとう》だろう」

投擲弾一個よりも、魔石の方が高い。なら、性質変化をする意味はない。

せっかくの能力なのに、使えないのなら宝の持ち腐《ぐさ》れだ。

「無駄ではないぞ」

ミカエルさんが私の考えを読んだように言った。

「セツの研究対象としての価値は上がった。その能力を研究していけば、何か違う能力に行き当たるかもしれないし、魔導具の理解がさらに深まるかもしれない」

「そっか」

ミカエルさんの言葉に少し救われた。

完全に無駄ではない。

わかって良かったんだよね。

うん、ミカエルさんの役に立てるのなら嬉しい。

その後、ミカエルさんと一緒にリーシェさんに説明して、慌てふためいたリーシェさんに連れられてギルド長のヨルダさんに説明して、結局、ギルドの仕事としての性質変化はやらない事になった。

理由は、ミカエルさんの言う通り、お金がかかりすぎるから。そして時間も。

私が選別をする事で、弾《はじ》いた不発弾を売らずに処分しているから、元々ギルドとしては損をしている。

買値と売値の差でなんとか利益は出ているけど、商売として考えるなら、私は余計な事をしている事になる。

それでも冒険者ギルドは、不発弾を減らして冒険者の安全を守りたいという理由で、私に不発弾を取り除かせている。

弾いた不発弾をいくつか当たりにしたところで、不発弾の確率はそれほど変わらない。

逆に性質変化に時間を取られて、今までできていた選別の数が減るまである。

ならば、やる意味はない、という判断になった。

どこかでこの能力を使う機会があるかもしれないけど、どうやらギルドでは役に立てなかったようだ。

＊＊＊＊＊

ミカエルさんが私の性質変化の能力を上――魔導具師を統括《とうかつ》している偉《えら》い人に報告してくれた後も、特に何事もなく日々は過ぎていった。

王宮に呼ばれていたのだとしても、ミカエルさんが盾《たて》になってくれてるんだと思う。

とにかく私の所までは呼び出しの話はこなかった。

毎日やる事は変わらなかったけど、私には一つ変化があった。

自分の魔力で修理してしまう事がなくなった。

灯台の魔導具の修理で魔力枯渇になったあの時以来、自分の魔力で修理をしてしまうことは随分減っていたけど、投擲弾の性質変化をしてからは、魔力を使って修理した事は一度もない。

やっぱりレベルが上がってるのかな？

体力とかは何も変わっているような感じはしないんだけどね。

ただ、いくら私のレベルが上がったとしても、修理屋のメニューが増えるわけじゃないし、お客さんが増えるわけでもない。

素材を使った修理も安定しているし、そろそろ別の魔導具の修理を試してみたい気持ちもあるけど、ミカエルさんから許可が下りないのと、私自身が新しい事に臆病《おくびょう》になっているのもあって、まだ試せていない。

ヴァンさんがずっとお店に来てくれるのもあって、ちゃんとした修理屋だって事は認知されつつあるみたいなんだけど、それでもやっぱり一見《いちげん》さんがぽつぽつと来るばかりだった。


チリンチリン。

午後、勉強をしていたら、ベルの音がした。

読んでいた魔導具修理のレシピ本を閉じる。

単語を覚えるならまずは魔導具関連からという事でミカエルさんが持って来てくれたものだ。

一階に下りてみれば、そこにいたのはやっぱりヴァンさん。

王都から離れていたのか、実に一週間ぶりだった。

珍《めずら》しく、青い鎧《よろい》をつけたままだ。

背中にはリュックを背負っている。

いつもはどこか――たぶん宿屋――で鎧を外してからか、ギルドのカウンターで売ってから来るのに。

パーティの他のメンバーの人が一緒じゃないのも珍しい。

「よう」

「しばらくぶりですね」

「今日はこれと――」

ヴァンさんはランプの魔導具八個と携帯《けいたい》用の水道の魔導具五個、そして携帯用のコンロの魔導具三個をカウンターの上に置いた。

「多いですね」

しかも、三種類の魔導具はそれぞれ一つずつが真っ黒に曇《くも》っていて、すぐにでも壊れてしまいそうなくらいに損耗率がたまっていた。

何度も使ったんだろう。

逆に、他の魔導具は損耗率があまりたまっていなかった。買ったばかりなのかもしれない。

「これからまたすぐ遠出なんだ」

なるほど。その前に、損耗率をゼロにしておきたいってわけだ。

鎧のままなのも納得《なっとく》だった。

きっと、食料やポーションを調達するためだけに王都に寄ったんだろう。

他のメンバーがいないのは、買い出しに行っているからなのかもしれない。

「今すぐに全部できるか？」

「はい。急いで修理してきますね」

必要な分の素材の在庫はある。魔石は言うまでもない。

代金を計算して、それを受け取れば依頼は成立。

私がカゴに山盛りに魔導具を入れて屋台から出ようとすると、ヴァンさんに呼び止められた。

「待ってくれ」

「何でしょう？」

「他にもあるんだ」

「他に？」

「これは相談なんだが――」

ヴァンさんは言いにくそうにポリポリと顔をかいた後、思い切ったように腰《こし》につけていた剣《けん》を外した。

そして、何もなくなったカウンターの上に、ドンッと置いた。

「これの修理も頼《たの》みたい」

この剣の？

ヴァンさんの鎧と同じ青い色の鞘《さや》は、何の変哲《へんてつ》もなかった。

剣に詳《くわ》しくないどころか、触《さわ》った事さえない私に、変哲があるとかないとかはわからないんだけど、とにかく鞘の見た目は普通《ふつう》だった。

そうじゃないのは、剥《む》き出しの柄《つか》と鍔《つば》の部分だ。

細かい紋様《もんよう》が彫《ほ》り込んである。

つまりは魔導具だって事。

私に修理してくれって言うんだから、そりゃあ、魔導具に決まってるよね。

「メニューにない魔導具は受けられません」

「頼む！」

断った私に、ヴァンさんはパンッと手を合わせた。

「レストンが店を閉めているせいで、武器の修理屋も依頼が一杯《いっぱい》で、すぐには修理できないと言われた。頼む」

「頼まれても困ります」

剣の修理なんてした事ないし、そもそも装備品の修理すらした事がない。

さっき他の魔導具の修理もやってみたいと思ったばっかりだけど、いきなり依頼を受けるなんて無理だ。

それに、レシピもわからなければ、素材のストックがあるのかもわからない。

ていうか、ミカエルさんに許可を貰《もら》ってない。

「そこをなんとか」

「無理ですって」

「頼む！　もうここしか頼《たよ》れないんだ」

「修理したくても、素材がないんです」

断り文句に困って、そう言った。

まだ見習いだからとか、やった事がないからという理由は手っ取り早いと思ったけど、自分が未熟だからと言うのは良くない気がした。

うちは持ち込みの素材を受け取らずその代金込みで修理をしているから、素材の在庫がなければ依頼は受けられない。

だけど、ヴァンさんはそう簡単には諦《あきら》めてくれなかった。

「素材ならある」

ヴァンさんは、嬉々《きき》としてリュックを下ろし、中から素材を取り出した。

それらがどんどんカウンターに並べられていく。

光の入った白いスズラン、赤い羽根、黄色い四つ葉のクローバー、赤い宝石、小瓶に入った紫《むらさき》の液体、赤いスポンジ。

私には、最初の蛍草《ほたるそう》しかわからない。

宝石とスポンジは薬棚《だな》の引き出しに入っていたような気もするけど……。

「これだけあれば足りるはずだ」

ヴァンさんは自信満々に言った。

レシピがわからないのに、足りているかどうかなんて判断できない。

でも、レシピがわからないとは言いにくい。

「素材は品質が良くないと駄目なんです。私、品質までは見分けられません」

「そこは保証する」

「ヴァンさんに保証されても……」

私は以前ヴァンさんに言われた言葉を返した。

「この素材で他の所で修理を依頼するつもりだったから問題ないはずだ」

「うーん……」

困った。

何て言えば諦めてくれるんだろう。

「急ぎって言ってましたよね？　これは時間がかかります。今すぐにはできません」

「どのくらいかかる？」

どのくらい？

え、普通、修理ってどのくらいかかるものなの？

いつもの生活魔導具の修理は一瞬《いっしゅん》だったよね。

あの大きなランプの魔導具も一瞬だったし。

えーっと、えーっと……。

「あ、明日、くらい、です！」

「わかった。明日までは待つ」

ええっ!?

口からのでまかせを承諾《しょうだく》されてしまい、私は焦った。

「いや、でも、急ぎなんですよね？」

「ああ。だが、他の修理屋に頼んでもそれ以上に待たされるからな。どうせ駄目なら任せる」

「できないかもしれないですよ？　ほら、やっぱり素材の品質が悪いとかで」

「わかった。それならそれで諦める」

いや、諦めないでよ！

「できなきゃできないで構わない。明日の朝また寄るから、他のもその時に」

ヴァンさんが手をカウンターの上にのせると、カチッと音がした。

「頼んだぞ」

その手をどけると、そこには金貨が――。

「ごっ」

叫びそうになった私は、手で自分の口を押さえた。

五枚！　金貨が、五枚！

いや待ってこんな大金！

カウンターに無造作に置かれているのがとても危ない気がして、私は急いでそれらをつかんだ。
一、二、三、四、五。
やっぱり五枚ある。

「あのっ」

返そうと思って顔を上げると、ヴァンさんはもう後ろを向いていた。

その肩に、いつの間にギルドに来ていたのか、パーティメンバーの一人の腕《うで》が回る。確か、ゼノ、さんだった気がする。

「何、結局ここに預けたのか」

「ああ」

「ふーん」

ゼノさんは、鋭《するど》い目付きで私の方を見た。

「あ……」

体が硬直《こうちょく》した。

威圧感《いあつかん》に気圧《けお》されて動けないうちに、二人はギルドを出て行ってしまった。


「どうしよう……」

工房に上がってから、空いているテーブルの上に剣を載せて、私は一人で頭を抱《かか》えていた。

貰った素材と金貨もその横に置いてある。

一緒に依頼された他の生活魔導具の方は、別のテーブルの上だ。

これ、絶対ミカエルさんに怒られるやつじゃん。

メニュー以外の依頼はまだ受けちゃ駄目って言われてるのに。

しかも、生活魔導具ですらなくて、まさかの装備品。

勝手な事をするなってこの前怒られたばっかりだ。

装備品の修理をしたいなんて言ったら、超《ちょう》怒られるよ……！

あああ、どうしよう……。

なんできっぱり無理だって言わなかったんだろう。

柄《がら》にもなくブランドイメージ的なの考えちゃってさ。

できないってはっきり言うのも良くないかもだけど、できない事をできるように見せて依頼を受けたら駄目じゃん。詐欺《さぎ》じゃん。

金貨になんて気を取られていなければ……。

ギルドのカウンターに金貨が積まれてるのは見慣れてたはずなのに、自分の店のカウンターだと思ったら焦ってしまった。

だって五枚だよ⁉

私が最初に貰ったお金の半分！

宿屋だったら半月暮らせるし、アパート暮らしの今ならもっと生きていける。

金貨なんて、今となっては、使いにくいし危ないしで絶対持ち歩かないし、家賃を払《はら》う時くらいしか使わない。

たくさん依頼がきた時に一枚までなら受け取ってお釣《つ》りを出す事はあっても、たった一つの魔導具の修理代にこんなに大金を貰う経験なんて、今まであったはずもなくて。

そりゃ動揺《どうよう》するよね⁉

私は頭から両手を離し、剣と素材と金貨を見た。

素材の善し悪しがわからない。

品質が悪ければ修理に失敗するどころか、使った素材が失われる。

代金の妥当性《だとうせい》もわからない。

いや、素材の質が本当によくて、魔石の分だとしたら十分すぎる。

どのくらい魔石が要るのかはわからないけど、いくらなんでも金貨五枚で足りないって事はないだろう。さすがに灯台の魔導具ほどには要らないと思う。

素材が炎属性の物が多いみたいだから、たぶん炎系の剣だ。フレイム・ソードとかって感じの。本当にそんな名前の剣があるのかは知らないけど。

この剣の正体がわからないものの、名前を知っている必要はない。灯台の魔導具だって名前も知らないまま修理した。

素材の品質が十分だというヴァンさんの言葉を信じるなら、あとは私ができるかどうかだけだった。

私はテーブルに突《つ》っ伏《ぷ》した。

木の天板が冷たくて気持ちがいい。

レベルが上がった今ならたぶん――。

「できるんだろうなぁ～」

「何ができるだと？」

「ひぃっ！」

聞こえてきた声に驚《おどろ》いて、私は椅子から跳《と》び上がった。

「み、ミカエルさん⁉」

工房に入って来たミカエルさんに思わず駆《か》け寄る。

「どうした？」

「な、何も、ないですけど？　今日は早いですね⁉」

「そうか？　いつもよりも遅《おそ》いくらいだと思うが」

「あ、そ、そうかもしれないですね⁉」

言いながら、ミカエルさんが私の横を通り抜けようとするのを、通せんぼして妨《さまた》げてしまう。

「何だ？　何か隠しているのか？」

「いえ何も⁉」

「お前――」

ミカエルさんの目がすっと細くなった。

「また勝手に何か修理したのではないだろうな？」

「してないです！　まだ何も！」

「まだ？」

「あっ」

私が口を押さえると、ミカエルさんはぐいっと私の肩を横にやって、工房の中へと入ってしまった。

テーブルの上に剣があるのを見て、ピタリと足を止める。

「何だこれは」

背中を向けたまま、質問が飛んでくる。

「剣です……」

「見ればわかる」

くるりとミカエルさんが振り返った。

「これをどこから持って来た？」

「ヴァンさんからの依頼で……」

ミカエルさんの顔を直視できなくて、私は自分のつま先に視線を落とした。

「……」

「他の修理屋さんが忙《いそが》しいみたいで、困ってるらしくて……」

「……」

「素材がないからできないって言ったら、素材もくれて……」

「……」

「明日までかかるって言ったら、それまで待つって……」

「……」

「できなくてもいいって言ってました……」

「……」

「代金は、金貨を、ご、五枚貰って……」

「……」

「すみません、上手く断りきれませんでした……」

「……」

「ミカエルさん……？」

何の返事も返ってこなくて、私は顔を上げた。

ミカエルさんは片手で目を覆っていた。

はぁ～……、と深い溜め息が聞こえる。

「もういい、好きにしろ」

ミカエルさんは首を振ってそう言うと、机に行って自分の席に座ってしまう。

「好きにしちゃっていいんですか……？」

ミカエルさんがこっちを振り向いた。

てっきりものすごく怒られると思っていたから、逆に不安になる。

「依頼を受けてしまったのだから、どのみち修理をするしかないだろう」

ミカエルさんは怒っているというより、呆《あき》れているようだった。

「そう、ですけど……」

「まさか勝手にやるつもりだったわけではないだろうな」

ぎくっ！

「もちろんないですっ！」

やればできちゃうんだろうなぁ、なんて考えていた事は黙っておこう。

「わたしの前でやるのならいい。準備ができたら呼べ。また倒れられては敵《かな》わない」

「わかりました」

私はテーブルの剣に視線を向けた後、またミカエルさんに声を掛《か》けた。

「あの、これ、修理できなくてもいいって言われてるので、ミカエルさんが駄目って言うなら、できなかったって事にしようかなって、思ってるんですけど……」

するとミカエルさんが眉間《みけん》にシワを寄せた。

そして、立ち上がって私の所に歩いてきた。

すぐ目の前、正面からミカエルさんが私の事をじっと見た。

真剣な顔だ。

今度は視線を逸《そ》らしちゃいけないと思った。

「セツ、お前は修理屋だろう」

「はい」

「依頼を受けたのなら誠実に仕事をしなくてはならない」

「はい」

「それがプロというものだ」

「はい」

「わかったか？」

「わかりました」

ならいい、とミカエルさんが机へと戻っていく。

ミカエルさんの声は、さっきよりもずっと怖かった。

私が断りきれずに修理を請け負《う》ってしまった事よりも、できなかった事にしちゃえ、って考えた事の方が悪かったみたい。

そうか。私、プロなんだもんね。

お金を貰って仕事をするって事は、そういう事なんだ。

なんか、お母さんのお使いとか、ゲームの依頼《クエスト》みたいに考えちゃってたかも。

最初の依頼の時に思った、これから修理屋としてやっていくぞ、っていう意気込みが薄《うす》れてきていたみたい。

充填との使い分けだとか、素材を使うようにだとか、そういう事ばかり考えていたけど、これってお仕事なんだよね。

初心に返って、一つ一つ、丁寧《ていねい》にやっていこう。

気持ちを新たに、剣に向かう。

修理って、鞘に入ったままでもできるのかな？

出した方がいいよね？

そう思って、剣を両手で持ち上げる。

さっきここに運んできた時もそうだったんだけど、これが結構重い。

金属でできてるんだから重くて当たり前だ。

でも、映画ではシュンシュン振り回してるから、こんなに重いだなんて思わなかった。

ダンベルを持っているような気分だ。どちらも金属の塊《かたまり》なんだから、あながち間違いではないのかも。

全体を両手で持ち上げてるから私でもなんとか持ててるけど、振ったりしたら逆に体が振り回されそうだ。

片手で柄を持つのはたぶん無理。重すぎて手首を痛めるだろう。

ヴァンさんや、他の冒険者さん――そして田野倉《たのくら》くんは、こんなのを持ち歩いて、モンスターを倒したりしているのか。

私がシマリスを倒すのに使っていたナイフなんて、それこそ子どものオモチャだった。

こういう剣じゃないと勝てないモンスターがいるって事さえ恐《おそ》ろしいのに、それと戦うなんて。

自分にはとてもできない。

私は一度剣をテーブルに置き直した。

視線を感じて顔を上げると、ミカエルさんに見られていた。

「困っている事はないか？」

「あります！」

あるある！　ありまくり！　何から何までわからない！

ミカエルさんがこっちに歩いてきた。

「言ってみろ」

「まず剣の名前がわかりません」

「それはわたしにも不明だ」

「えっ⁉」

「何だ」

「ミカエルさんにもわからない事ってあるんですね」

「セツはわたしの事を何だと思ってるんだ？　何でもわかるなら研究などしていない」

「そうでした」

何となく、ミカエルさんって、私の知らない事でも何でもわかるすごい人なんだと思ってた。

でもそうだよね。そんなわけないよね。

「目下最も不明なのは弟子《でし》についてだ。まさか依頼品の名称《めいしょう》すら聞かずに依頼を受けるとはな。何を考えているのか全くわからないし、理解にも苦しむ」

「うっ」

私も迂闊《うかつ》だと思うけど、受けるつもりはなかったし……。

ヴァンさんも名前くらい教えてくれたら良かったのに。

「貸してみろ」

ミカエルさんが剣に手を伸《の》ばしたので、私は脇《わき》に避《よ》けた。

私じゃ持ち上げるのもやっとの剣を、片手で軽々と持ち上げてしまう。

そして、柄をつかむと、シュッと鞘から剣を抜いた。

「剣、慣れてるんですか？」

簡単に持ってしまうのも、剣を抜く動作がサマになっているのも、ミカエルさんの王子様然とした キラキラした見た目に合わない。

性格からすれば、自分で剣を握るより、配下に命じてやらせそうな感じだ。

「剣術くらいできる」

「へぇ……。もしかして、モンスターと戦った事もあるんですか？」

「あるに決まっているだろう」

ミカエルさんが変な顔をした。

何不自由なく暮らせる貴族であっても、モンスターと戦うのは当たり前の事らしい。

逆に貴族だからなのかな。何かあれば率先《そっせん》して先頭に立つ、みたいな。

何て言うんだっけ。ほら、ノベルス……ノブレス……。

「ノブレス・オブリージュ。高貴さの義務だな」

気づかず口に出していたみたいで、ミカエルさんが私の言いたかった言葉を継《つ》いでくれた。

「だがそれではない。剣術自体は貴族の嗜《たしな》みではあるが、兄上が冒険者だからな。わたしもそれなりに実戦をこなしてきた」

「そうでしたね」

ミカエルさんのお兄さんは冒険者なんだった。

貴族だからってわけじゃないのなら、どうして危険な冒険者になろうって決めたんだろう。

前の世界でも、危険な仕事に就《つ》く人はいたし、今もそのお陰《かげ》で平穏《へいおん》な暮らしができているからものすごくありがたいっていうのは前から思っているけど、やっぱり不思議だ。

私みたいに、誰かの役に立ちたいって思うからなのかな。

そう考えると、田野倉くんも同じようなものなのかもしれない。

ステータスを見たら勇者だったけど、召喚《しょうかん》されておいて、魔王討伐《まおうとうばつ》なんてしたくありません、って言うような人だったら大変だったかも。

召喚されたのが田野倉くんで良かったよね。一緒に召喚された私が余計だっただけで。

「ルカにも理由聞いてみようかな……」

「ルカ?」

独り言が漏《も》れて、ミカエルさんに聞き返された。

「お隣《となり》さんです」

「ああ、あの男か」

「知ってるんですか?」

面識があるなんて意外。

もしかして、ルカはミカエルさんの護衛をした事があるのかな?

「セツの周囲は一通り調べたのだが……接点があるのか。もう少し詳しく調べさせた方が良さそうだな……」

ミカエルさんはあごに手を当てて考えるような仕草を見せ、ぶつぶつと何かを呟《つぶや》いた。

「え、何て言ったんですか?」

「いや、何でもない。セツの住居の隣に男が住んでいるのを知っているだけだ」

なんだ。

二人が知り合いなら、三人でご飯食べたりできるかなって思ったのに。もちろんルカの作った料理で。

「それで、この剣だが」

ミカエルさんが抜き身の剣を掲《かか》げた。

そうだった。剣の修理の話をしているんだった。

剣は――当たり前だけど――銀色をしていた。

ステンレスの包丁のような曇ったような銀色ではなくて、鏡みたいなピカピカの銀色だ。

その一方で、刃《は》の部分には大きな傷がたくさんついている。

魔導具だから全体に紋様が入っているのかと思ってたけど、そうじゃないみたい。

そういえば、魔導具の仕分けをしていた時に見た毒のナイフとかも、柄と鍔だけ魔導具になっていて、剣身の部分は普通に刃だった。

剣身に紋様なんて入ってたら切れ味悪そうだし、研《と》ぐのも大変だもんね。

「これは炎の剣《フレイム・ソード》だな」

「わかるんですか?」

さっきはわからないって言ってたのに。鞘に入ってたからって事?

てか、まんまフレイム・ソードなんだ……。

「ここに書いてあるからな」

「えっ⁉」

ミカエルさんは、鍔のすぐ上の剣身部分を指差した。

そこに何やら刻印がしてある。

「これ炎の剣《フレイム・ソード》って書いてあるんですか?」

「そうだ」

便利すぎる……！

「もしかして、魔導具って全部名前が書いてあるんですか？」

「セツは浄化の魔導具に名前が書いてあるのを見た事があるのか？」

「ないです」

浄化の魔導具は、損耗率が見えるようになった時にものすごく観察したけど、そんなのどこにも書いていなかった。

……と思う。

字が読めないから、紋様だと勘違《かんちが》いした可能性はなくはない。

「そうだろうな。生活魔導具には刻印がない」

「じゃあ、武器の魔導具にはあるんですか？」

「防具もだな。装備品には名前が刻印されている」

「便利すぎる！」

今度は心のままに口に出していた。

「一部、生活魔導具でも、回復の魔導具などには書いてある事があるな」

「へぇ……」

どうせなら全部ついててくれれば良かったのに。名前があるなら、そこから用途《ようと》の推測だってできるのにね。

浄化やコンロなんて、ゲームじゃ使わないからなのかな。

「これで疑問は解決したか？」

「まだです。レシピがわかりません」

「だろうな」

ミカエルさんは頷いた。

「だがそれならレシピ集に書いてあるだろう」

「あ、そっか」

私が文字の勉強のために眺めている修理のレシピ本。

生活魔導具の箇所《かしょ》ばかり見てたけど、装備の魔導具のレシピも載っている。

炎の剣《フレイム・ソード》なんて安直な名前をしているんだから、よくある一般《いっぱん》的な剣なんだろう。それなら掲載《けいさい》されている可能性が高い。

「名前も綴《つづ》りもわかったから、調べられるな？」

「はい」

私は本棚からレシピ本を取ってきた。

ペラペラとめくって剣について書かれている場所を探す。

ここだ。

刻印されている文字と、本の文字を比べる。

剣の方は、印刷されたみたいな読みやすい文字をしている。

一方レシピの方は、人の手で書かれているから読みにくい。さすがにミカエルさんみたいな流麗《りゅうれい》な筆記体ではないけど、正確なブロック体でもない。

とはいえ私だって少しずつこっちの文字にも慣れてきた。

いくつかこれかなっていう当たりをつけて、それぞれ文字を見比べてページを特定した。

それができたら次はレシピの解読だ。

料理のレシピとは違って、複雑な手順はなく、素材が書いてあるだけ。

それを一つ一つ、薬棚のラベルと照らし合わせて探していく。

ヴァンさんが素材をくれたお陰で、この作業は格段に楽になっていた。

貰った素材を薬棚の中から探して、そのラベルとレシピ本に書いてある単語を見比べればいい。

見た事のない素材ばかりだと思っていたのに、なんと工房の薬棚の中には、必要な全ての素材が揃《そろ》っていた。

それでわかったのは、使う素材はこれだっていうヴァンさんの言葉は正しかったって事。

でも、数が間違っていた。必要な分より多い。

私は受け取った素材の中から使う分だけを取り、余った分は隅《すみ》に置いた。

魔石も引き出しから持ってくる。失敗した時の事を考えて、取りあえず三回分。ケチらずにレシピ本に書いてあった大きさの魔石にした。

次は、私が解読した内容が本当に正しいか、だ。

これはミカエルさんに聞くしかない。

「レシピの解読ができました。見てもらいたいです」

ミカエルさんに声を掛けた時には、随分と時間がたっていた。

日がだいぶ傾《かたむ》いている。

机で自分の研究をしていたミカエルさんが、テーブルまで来てくれた。

私が示したレシピと、テーブルの上の素材を見比べる。

「ふむ、正しいようだな」

「やった！」

私はぐっと手を握り締めてガッツポーズをした。

まあ、字が読めるようになったっていうよりは、素材の見た目や文字の形を見比べただけなんだけどね。

ただ、何となく、これは火っぽい単語だとか、赤っぽい感じ、みたいなのはつかめてきた……気がしないでもなくもない。

「素材の質はどうですか？」

これは薬棚の中の物と比べてもわからなかった。

色や形や大きさがそれぞれ違うのはわかっても、どういうのが品質の良い物なのかわからない。

「悪くはないな」

そう言いながら、ミカエルさんは、私が隅に置いた予備の素材と、使おうと思っていた素材をいくつか入れ替えた。より質のいいのを使う方に入れたんだろう。

「素材の図鑑《ずかん》があれば、ここまでは自力でできそうだな」

「そんなのまであるんですか？　欲《ほ》しいです！　買います！」

図鑑なら、きっとそれぞれが何なのかも書いてあるはずだ。

今のやり方では、素材の正体どころか、名前すら読み取れない。

修理に使うんだから経費扱《あつか》いだよね？

「本は高価だぞ」

続けてミカエルさんが口にした値段は、目が飛び出るような金額だった。

「そんなにするんですか⁉」

「素材集は素材の絵もついている。文字だけとは違って絵の写本には手間がかかる」

そっか。手書きなんだもんね。

プリンターで、がががががが、ってわけにはいかないんだ。

手書き文字で読みにくい〜、とか思いながら、人が一冊まるまる書いているっていう想像をしていなかった。

これ、全部誰かが書いてるんだ……。

ひぇぇぇ。

漢字や英単語の書き取りも嫌《いや》だったのに、本を一冊書き写すなんて気が遠くなりそう。

納税の書類を間違えずに書くだけでもあっぷあっぷな私には、一生できる気がしない。

そりゃ高いわけだよ。

カラーで絵まで描き写すとしたら、どれだけ時間がかかるのやら。

しかも、新しい事が判明して更新《こうしん》しようとしたら、また一から書き直し？

デジタルなら修正や挿入《そうにゅう》まで簡単にできちゃうのに。

「そんな大金、私にはありません……」

「よし、弟子の修行《しゅぎょう》のためだ。わたしが出そう」

「家の蔵書にあれば一番だが、なくても手には入るだろう」

「いいんですか⁉」

さすが公爵《こうしやく》家。

家にあるとしたらものすごいし、なくても買えばいいじゃんっていう発想がすごい。

「図鑑が手に入るまでは、わたしが説明する」

「ありがとうございます」

「右から、蛍草、赤鷹《ケダ》の羽根、幸せ草、紅玉石《こうぎよくせき》、砂魚《さぎよ》の血、紅海綿《べにかいめん》だ」

ふむふむ、とメモを取る。

モンスターから採れるんだろうと予想できる物もあったけど、本体がどんなモンスターなのかまでは想像がつかない。砂魚って何？　砂漠《さばく》に棲《す》んでるの？

でも、私が採りに行くわけじゃないから、名前とざっくりどんな物なのかがわかれば十分。

「素材と魔石が揃ったな」

「あとは修理するだけです」

「見ていてやる」

「ありがとうございます」

それは私もお願いしようと思っていた。

「ではさっそく」

「待て」

始めようとすると、ミカエルさんが魔力ポーションをどんっと三本テーブルに置いた。

三本とも蓋《ふた》のコルクを外すと、その一本を手に持った。

「素材を使い損《そこ》ねたら問答無用で飲ませるからな。覚悟《かくご》しておけ」

「お、お願いします」

充填しちゃうのはともかく、どうか魔力で修理してしまいませんように、と強く願う。

左手を剣の上に置き、右手で魔石を持つ。

素材を使って修理、素材を使って修理、素材を使って修理。

剣をじーっと見ながら、強く念じる。

修理、修理、修理。

こつん、と魔石を剣にぶつけると――。

剣の周りに置いていた素材が光り輝《かがや》いた。

一斉《いっせい》に赤や黄色、紫の小さな球になる。

そして、テーブルの天板を通り抜けながら、くるくると剣の周りを回る。

最後に、しゅぽんと柄に吸い込まれた。

光が消えた後には、剣と魔力が失われた魔石だけが残っていた。

「できました！」

ちゃんと素材を使って修理できた！

しかも一発で！

「魔力は平気か？」

「平気です。使ってませんから」

私はミカエルさんから魔力ポーションの瓶を受け取って、コルクで栓《せん》をした。残りの二本も同様にする。

ミカエルさんが剣を持ち上げた。

柄と鍔は損耗率がなくなってピカピカになっている。

そして、剣身もピカピカだった。ピカピカっていうか、ピッカピカ！

さっきも鏡みたいって思ったけど、みたいじゃなくて、本当に鏡くらいピカピカになった。

たくさんついていた傷もきれいさっぱりなくなっている。

新品そのものって感じ。

まさに「修理」だった。

「できているな」

ミカエルさんは私から少し離れて、ひゅんっと剣を振った。

やっぱり軽そうに見える。

私は置いてあった鞘を持ってみた。

もしかしたら、鞘がめちゃくちゃ重くて、剣の本体の方はそうでもないのかも、と思ったからだ。

だけど、鞘はそれなりの重さしかなかった。

私の手から鞘を受け取ったミカエルさんが、鞘に剣を納めた。

「これで依頼は完了《かんりょう》だな。よくやった」

「ありがとうございます！」

ぽんぽん、と頭に手を置かれる。

また子ども扱いされた。

けど、ちょっとくすぐったい。

お兄ちゃんに頭をなでられる時とは違う感じ。

恥《は》ずかしいような、誇《ほこ》らしいような。

落ち着かない気持ちになり、ミカエルさんから視線を外すと、隣のテーブルが目に入って――。

「あっ」

剣だけじゃなくて、本職の生活魔導具の修理の方も依頼されていたのを忘れていた。

次の日、午後の同じくらいの時間、ベルの音で階段を下りると、お店の前にヴァンさんがいるのが見えた。

今日も青い鎧をつけている。

パーティメンバーの人たちもみんな後ろにいるから、このまま出発するのかもしれない。

私は一度工房に戻り、魔導具を持って階段を下り直した。

屋台の前に回り込むと、ヴァンさんが私の手から剣を取ってカウンターに置いてくれた。

「修理はできたか？」

「えっとですね……」

言いながら、その横に生活魔導具の入ったカゴを置く。

「まずこちらの生活魔導具から確認をお願いします」

カウンターの上に一つずつ出していく。

数は合っているはずだけど、念のため頭の中で修理代を計算していった。合計が昨日貰った代金と同じだったら合っている。

いつもは依頼を受けてからすぐに修理をしていたから気にしてなかったけど、こうやって間が空《あ》く時は、預かり証を作った方が良さそう。

ううん、時間が空くときだけじゃなくて、普段から作るといいのかも。

渡《わた》した渡されてないの押し問答になったら面倒《めんどう》だもんね。

後でミカエルさんに相談してみよう。

「確かに受け取った」

「剣の方も修理できましたので、確認をお願いします」

「よかった」

ヴァンさんは嬉しそうに笑った。

パーティメンバーの人たちが驚いたように目を見開いている。

昨日にらんできたゼノさんだけは、疑り深そうな顔をしていた。

ヴァンさんが剣をカウンターから取り、鞘から抜く。

「ああ、できてるな」

魔導具師じゃないから、ヴァンさんには損耗率が見えない。

だけど、剣身の傷の有無《うむ》を見れば、修理したかどうかは普通の人でもわかる。

「助かったよ」

「これ、余った素材と――お金です。あれじゃ多すぎたので」

素材をカウンターに置いて、金貨を握った手をヴァンさんに差し出した。

炎の剣の修理の相場を調べたら、貰ったのよりも全然安かった。素材を別に貰っておいてあの値段では、ぼったくりもぼったくりだ。

「素材は適当に使ってくれ。代金もあれでいい」

ヴァンさんが私の拳《こぶし》を押し返す。

「いや、それは――」

「無理に依頼をねじ込んじまった自覚はあるんだ。受け取ってくれ」

「それにしたって――」

「いいんだって。技術は安売りするもんじゃない」

前にミカエルさんも言っていた言葉だ。

そう言われてしまうと、無理に返せない。

「……じゃあ、特別料金だって事にします。今度サービスしますね」

「ああ」

私は渋々《しぶしぶ》手を引いた。

「いや、マジ助かったわ。これで安心して挑《いど》める」

ヴァンさんは剣を鞘に収めて腰に吊《つる》すと、じゃあまた、と手を振ってギルドの入り口の方へと歩いていった。

その後ろを、ゼノさんたちがついていく。

「んなもんなくても俺《おれ》の魔法があれば大丈夫だっての」

ゼノさんがぼそっと呟き、ギロっと私をにらんだ。

「お前の腕を信じてないわけじゃないさ。奥《おく》の手がある方が安心だろ」

ヴァンさんが、ゼノさんの肩をバシバシと叩きながら、ギルドを出て行った。

「ふぅ」

ただ修理品を渡しただけなのに、依頼一つにこんなに時間をかけた事がなかったから、なんだか大仕事をやり遂《と》げたような気になった。

せっかくいつもとは違う魔導具の修理ができたんだから、ちゃんと復習しなくっちゃ。

炎の剣《フレイム・ソード》の綴《つづ》りは覚えたけど、今回使った素材の綴りは覚えきれていない。

それぞれの素材が、他にどの魔導具の修理に使われるのかも覚えておきたい。

新しい事を覚えるのってわくわくする。

身になる勉強ってこんなに楽しいなんて知らなかったよね。

カウンターの上に出した素材をカゴにしまって、お店から出ようとした時——。

「あのー」

「はい」

声を掛けてきたのは、二人組の女性だった。

髪型《かみがた》がショートカットとポニーテールで違うけど、顔がそっくりだ。双子《ふたご》なのかな。

普段着《ふだんぎ》の格好《かっこう》だけど、たぶん冒険者なんだと思う。

「ここって、修理屋だよね？」

「はい」

上の看板にも書いてある通りだ。

「メニューはこちらです」

私がメニュー表を渡すと、彼女《かのじょ》たちは変な顔をした。

「さっきのないね？」

「ありませんね」

何やらこそこそと話をしている。

「あのっ」

「はい」

「これ、修理できない？」

ショートカットの方の腰の後ろから出てきたのは短剣だった。

私の手から肘《ひじ》までくらいの長さのそれは、革の鞘に入っていて、炎の剣《フレイム・ソード》と同じように柄と鍔に紋様が入っていた。

「すみません、うちは装備品の修理はしていないんです」

「でもさっき、剣を渡してたよね？」

「あー……、あれはちょっと特別で……」

そうだよね。あんなに堂々と渡してたら、装備品の修理もするんだって思うよね。

「裏メニューって事？」

「裏メニュー？　えーっと、まあ、そんな感じで……」

「じゃあそれで。お金ならあるから」

カチャッとカウンターの上に金貨が数枚置かれた。

無造作すぎる！

冒険者ってみんなこうなの!?

ギルドのカウンターで大金を受け取ってるところも、ポーションを爆買《ばくが》いしているところも、レストランで爆食《ばくぐ》い爆飲《ばくの》みしているところも見てきたけど、お金の扱いが雑！

頓着《とんちゃく》しないという意味では、ミカエルさんもそうなのかもしれないけど。

「お受けできません、ので！」

「常連客じゃないと駄目なの？」

「えーっと……」

常連さんだったらいいってわけじゃない。

でも、常連のヴァンさんだったから断りきれなかったという面も否《いな》めない。

それに、今のところ常連さんはヴァンさんだけだから、ヴァンさんだけの特別待遇《たいぐう》って事でお断りするのはアリかもしれない。

「そうです。常連さんだけの特別メニューなんです」

私がそう言うと、二人はあからさまにがっかりした顔をした。

「武器の修理屋が忙しいらしくて、急ぎの依頼を受けてくれないの。これの修理だけでもしてもらえない？」

ヴァンさんと同じ事を言われた。

それより、この剣――。

「あの、大きな声では言えないんですけど」

私はぐっと声を落とした。

常連さんだけのサービスだから。

「この剣、ほとんど使ってないですよね？　損耗率全然たまってないですよ」

紋様が彫ってある柄も鍔もほんの少ししか曇っていない。

「それでも修理してもらいたいの」

「そう言われても……」

「思い出の剣で、壊したくないんです」

ポニーテールの人が会話に入ってきた。

壊したくないのなら使わなければいいのでは？

……なんて言えないよね。

命が懸《か》かっていれば当然使うだろう。命の方が大事だ。

でも思い入れがあるから、できれば壊したくないって事なんだろう。

壊れるかどうかは運次第だから、修理した直後でも壊れる事はある。

だけど、損耗率が低ければ、それだけ壊れる確率も低い。

本人にはこだわりがあるだろうから、別のを使えばいいじゃんって事でもないのかもしれない。

すぐに壊れちゃう魔導具の装備品に思い入れがある人って、そんなにいないって聞いてたけどな。

「お願い！」

「お願いします！」

二人は揃って頭を下げた。

「後付けになっちゃうけど、修理を受けてくれたらここに通うようにするから！」

「私たち、あまり王都には来ないんですけど、来た時は必ずここに依頼します！」

「えと、あのっ」

いつまでも頭を下げさせていると、ギルドに来ている他の人の目が気になる。

今日はミカエルさんもいるし――。

あとこれだけ。この依頼だけ。

「いくつか条件があります」

私はヴァンさんとのやり取りを思い出しながら喋《しゃべ》った。

「素材の用意はできないので、素材と一緒に預かります。もし素材の品質が悪くて失敗した場合は、修理せずにお戻しします。その場合、使った魔石の代金は頂きます」

「素材はあるよ」

ポニーテールの方の鞄から、素材が次々に出てきた。

珊瑚《さんご》みたいに硬《かた》そうな緑の枝っぽいのやら、大きなピンクの黄金虫みたいなのやら、瓶の中でうにうに動いている黒い物まで、また見た事のない物ばかりだ。

「念のため、たくさんお渡ししておきませんか？」

「そうだね」

素材はさらに出てきて、カウンターの上が一杯になった。マジックバッグだったみたい。

「えーっと……」

どうしよう、これ。

預かり証を作ろうと思ったけど、素材の名前もわかんないや。

取りあえず日本語でメモしておこう。

緑の珊瑚三つ、黒うにうに瓶六つ、ピンク黄金虫二つ、水鱗《すいりん》八枚――。

これ本当に修理で使うのかな？

必要なのかも足りてるのかもわからない。

「全部で三十二個ですね」

あと言っておかないといけない事は……。

「お渡しできるのは明日のこの時間です。修理が間に合わない事もありますのでご了承《りょうしょう》下さい。その場合は返金します。それで、お代は……金貨、ご、五枚です」

ヴァンさんに貰ったのと、そして今カウンターの上にあるのと同じ値段。

相場の見当がつかなかったから適当に言った。

大金すぎて口に出すのにドキドキしたけど、二人は元々払うつもりだったからか、何の反応も見せなかった。

「じゃあ、明日またこの時間に来るね。あたし、エレナっていうの」

ショートカットの方の人が、自分の胸に手を当てた。

「私はマリーです」

頭を下げたのはポニーテールの方の人だ。

エレナさんとマリーさんか。

「セツです」

私は自分の胸に手を当てて名乗った。

「セツね。覚えた」

「セツさん、修理よろしくお願いします」

「お任せ下さい」

私はにこにこと手を振って二人を見送った。

あっ。

カウンターの上の短剣を見てはっと気づく。

また魔導具の名前聞くの忘れちゃった。

あ、でも、鞘から抜いて見ればわかるのか。

名前が書いてあるってほんと便利だ。

素材を入るだけカゴに入れ、短剣を持つ。

やっぱ重いなぁ。

短いから炎の剣《フレイム・ソード》ほどではないにせよ、それでも重量はある。

エレナさん、見た目は私と同じくらいの歳《とし》だったのに、この剣を大根でも持つような気軽さで持っていた。

武器なんだもん。あの二人もモンスターと戦うんだよね。

すごいなぁ。

そう思いながら階段を上がり、工房のテーブルの上に剣とカゴを置く。

「何だそれは。また引き受けたのか？」

「あ……」

ミカエルさんだった。

「えっと……そうなんです。また断りきれなくて」

「見てやろう」

手を差し出してきたミカエルさんに短剣を渡す。

「まだ下に素材残っているので、取って来ます」

空のカゴを持って、急いでお店へ。

ギルド内で堂々と盗難《とうなん》する人もいやしないと思うけど、預かり物が盗《と》られちゃったら大変だ。実はものすごく貴重な素材だったりするのかもしれないし。

珊瑚っぽいやつがかさばりすぎて、またも全部載せる事はできず、私はもう一度下に取りに行った。

全ての素材を運び終え、鞘から抜いた剣身を眺めているミカエルさんに近づくと、剣の名前を教えてくれた。

「水の双剣（右）《アクア・ツイン・ブレード・ライト》だそうだ」

「アクアツイン……？」

「水の双剣《アクア・ツイン・ブレード》のうちの右の片方だという事だろう」

双剣《ツイン・ブレード》。なるほど。

ミカエルさんから短剣を受け取って、刻印を確かめる。

炎の剣《フレイム・ソード》と同じで、鍔の上の剣身部分に名前が彫ってあった。

これで水の双剣（右）《アクア・ツイン・ブレード・ライト》って読むんだ。

確かに、水っぽい雰囲気《ふんいき》の単語と、「右」って書いてある。「左」に出会った時には読めそうだ。

「なんで片方だけなんでしょう？」

「さあな」

エレナさんが右を持ってるって事は、左はマリーさんが持ってるのかな。

「それほど損耗《そんもう》しているようでもないが」

「壊したくないんだそうです」

「珍しいな」

ミカエルさんは興味なさそうに相づちを打つと、自分のテーブルに戻っていった。

私はレシピ本を手に水の双剣《アクア・ツイン・ブレード》のページを探した。

右とか左とか書いてないけど、たぶんこれだよね。

念のためにミカエルさんに確認してから、レシピ本と素材と薬棚を見比べながら、素材の特定に入る。

今度も受け取った素材は間違っていなかったし、数も足りていた。

ミカエルさんが今回も順番に素材の説明をしてくれた。

瓶の中の黒いうにうにがモンスターの内臓の一つだと知った時は衝撃《しょうげき》だった。取り出しても動いてるってどういうこと？

水棲《すいせい》のモンスターのものらしくて、それ以外も水に関係した素材ばかりだった。水《アクア》という名前に相応《ふさわ》しい。

品質も見てもらって、準備は完了。

「修理しますね」

「見ていよう」

「お願いします」

もう一度、素材と魔石が足りている事を確認。

剣に触れ、魔石を持って大きく深呼吸。

素材を使って修理、素材を使って修理、素材を使って修理。

こつん、と魔石をぶつけると、ふっと魔石の魔力が抜けた。

のに、何も起こらない。

失敗だ——。

用意していた魔石三個とも魔力が抜けてしまった。

充填しちゃったんだったら、ミカエルさんがそう言ってくれるはずだから、これは失敗だ。

普通より大きな魔石なのに。もったいない！

仕方なく代わりの魔石を用意して、もう一度修理を試みる。

修理〜、修理〜、修理〜。

「あれぇ？」

強く念じるも、また失敗してしまった。

「疲れているんだろう。ここでやめておけ。明日に回すといい」

「もう一回だけやります」

魔石を準備し直して、集中。

修理、修理、修理――。

こつん、とぶつけた途端《とたん》、素材が光の球へと変わる。

「できた！」

球が全て剣に吸収された後、水の双剣（右）《アクア・ツイン・ブレード・ライト》にわずかにあった曇りは完全に消えていた。

三度目の正直だ。

「成功だな」

ミカエルさんが剣を持ち上げて確認する。

それを貰い、片手で柄を持つと、ずしっと重みが手首にかかった。

このサイズでも振り回すのは無理だな。

私は左手も柄に添《そ》えた。両手ならなんとかなりそう。

この半分の長さなら片手でも使えるけど……それじゃもうナイフか。

片刃《かたは》のその短剣は傷一つなくピカピカで、裏返してみてもやっぱりピカピカだった。

損耗率がなくなると傷も一緒になくなるっていうのは、なんだか不思議だ。

「ミカエルさん、魔導具って、その能力を使うと損耗率がたまるんですよね？　剣の場合、能力を使わずに斬《き》るだけだったら、損耗率は変化しないんでしょうか？」

「いや、攻撃《こうげき》や防御《ぼうぎょ》をした時に傷がつけば、それも損耗となる」

「そうなんですね」

カンカン打ち合ってたら、それだけで損耗率がたまって、壊れる可能性があるって事か。

「盾や鎧もそうですか？」

「そうだ。防げばそれだけ損耗率が増える」

武器は武器として、防具は防具として、本来の使い方をしていればいつかは壊れるっていうのは、感覚としても正しい。

「逆に能力を使ったら、見た目もボロボロになっていくんですか？　それなら、損耗率がどのくらいたまってるか、傷の度合いでわかりますよね」

「能力による損耗は見た目には表れない。全体の損耗率を見る事ができるのは魔導具師だけだ」

「じゃあ、修理した後に、能力を使いまくって損耗率をためた状態でも、普通の人にはわからないって事ですね」

「そういう事になるな」

「あ、いや、やらないですよ⁉　事実の確認をしているだけです！」

詐欺をする気なのか、とまた疑われたら困ると思って、私は慌てて言った。なんだか言い訳のようになってしまった。

ミカエルさんはきょとんとした後に、くっ、と笑った。

「セツにその度胸はないだろうからな」

「また言った！」

「先に言い出したのはセツだろう」

「そうですけど！」

度胸がないって、それはその通りなんだけどさぁ！

＊＊＊＊＊

翌日午後、予定の時間よりも少し早くに、ベルが鳴った。

たぶんあの二人だろうと思って、短剣と余った素材を山盛りにしたカゴを持って階段を下りかける。

お店の屋台の前にいたのは、やっぱりエレナさんとマリーさんだったので、私はそのまま下りていった。

エレナさんは篭手《こて》やすね当てをつけていて、マリーさんはローブを着て杖《つえ》を持っていた。

「修理できた？」

「できました」

「やった！」

「ありがとうございます！」

剣を返すと、エレナさんは鞘から抜いた。

「うん、修理できてるね。ありがとう」

「これ、余った素材です」

「ああ、いいよ、それは」

「修理屋さんで使って下さい」

「そうですか……」

高価なのもあるってミカエルさんが言ってたのに。

お客さんが要らないって言うんだからいいのかな。

まあ、邪魔《じゃま》だったらギルドで売ればいいか。

昨日ヴァンさんに貰ったのもあって、冒険者の太っ腹具合に少し抵抗《ていこう》が薄れたみたい。

「これから贔屓《ひいき》にさせてもらうから、よろしく！」

「はい、ありがとうございます」

「次に王都に来た時には寄らせてもらいますね」

「よろしくお願いします」

エレナさんは腰の後ろに短剣を装着して、マリーさんと一緒にギルドを出て行った。

ギルドの中には冒険者さんが何人もいるけど、こちらに来る様子はない。

今日もこれでお店の仕事は終わりだろう。


午後、文字の勉強をしていると、入り口でがしゃんと金属音がした。

見ると、銀色の鎧をつけてマントをまとっている人が立っている。

所々に彫り込まれているのは魔導具の紋様だ。

胸元《むなもと》に描かれている大きな図柄《ずがら》は王宮で何度も見た。

王国騎士《きし》だ。マントの色が赤だから、たぶん偉い人。

左手に盾を持っていた。中央に青い竜《りゅう》が描かれていて、周りには魔導具の特徴《とくちょう》を示す紋様が彫り込まれている。

遠目にも曇っていて、使い込まれているのがわかった。

騎士なら私じゃなくてミカエルさんに用があるのだろうと思って、私は勉強に戻った。

「何だ」

ミカエルさんが座ったまま振り向いて騎士さんに問いかける。

平民である私は爵位《しゃくい》持ちである騎士様にそんな横柄《おうへい》な態度は取れないけど、さすがミカエルさんは公爵家の人なだけはある。

「至急の修理の依頼です」

騎士さんはミカエルさんに答えたけど、その言葉は修理屋である私に向けられたも同然だった。

「えっ⁉」

なんで？　王宮から？　修理って、携帯水道とかの？　なんでわざわざ私に？

すごく嫌な予感がした。

王宮とはなるべく関《かか》わらないようにしてるのに！　なんで⁉

「ハインリッヒ殿《どの》にです」

「わたしに？」

やっぱりミカエルさん宛《あ》てだと聞いて、私はほっとした。

でもなんで、修理屋でもないミカエルさんに修理の依頼が来るんだろう。

ミカエルさんが騎士さんに歩み寄り、腕を組む。

「なぜわたしなのだ。修理屋に頼めばいいだろう」

防具の修理屋さんは店を閉めてるらしいけど、他に修理屋は二軒《けん》ある。

そこも一杯だってことで、ミカエルさんに依頼が来たの？

「魔導具師全員に依頼をかけております」

「全員にだと？」

ミカエルさんが怪訝《けげん》な目で騎士さんを見た。

「物は」

「これです」

騎士さんは手に持った盾をミカエルさんの方へと動かした。

「レシピと素材はあるのか」

「提供します。素材はまずは二枚分を。残りは後ほど」

「数と期限は」

「三枚を、五日後までに」

「無理だ」

ミカエルさんが呆れたように言った。

「そこをどうにかして頂きたい」

「無理なものは無理だ。だいたいなぜ急に必要になるのだ。全魔導具師に依頼をかけているのだとしたら相当な数だろう」

「理由は申し上げられません」

「なぜだ」

「国家機密です」

「馬鹿《ばか》にしている。そのような依頼、受けられるものか」

鼻で笑って、ミカエルさんは踵《きびす》を返した。

その背中に、騎士さんの言葉が投げかけられる。

「王命です」

「何？」

ミカエルさんが振り返った。

「王命だと？　修理がか」

「そうです」

ミカエルさんは何かを思案するように押し黙った。

「……受けよう」

「では」

騎士さんが片手を上げると、入り口から青いマントを羽織《はお》った鎧姿の騎士さんが三人入って来た。

先頭の騎士さんは、赤マントの騎士さんが持っているのと同じ盾を二枚持っていた。

こちらの二枚はそれほど損耗率がたまっていない。

盾が三枚テーブルの上に置かれる。

二番目と三番目の騎士さんが、その横に木箱を四つ置いた。

そのうちの一つの中身がちらりと見えた。魔石がたくさん入っていた。

結構大きい。

五百ミリのペットボトルより一回り大きいくらい。

棚の中にはこのサイズの魔導具も入っているけど、それが木箱一杯。

あ、違う。三箱だ。

数の多さにドン引きしてしまう。

騎士さんたちが一礼して出て行った後、ミカエルさんは盾の前で突然頭を抱えてしゃがみこんだ。

「ちょ、どうしたんですか？」

「頭が痛い」

「え⁉　大丈夫ですか⁉　薬を貰って来ましょうか？　あ、ポーションか」

「心配ない。ただの比喩《ひゆ》だ」

なんだ。良かった。

困っていただけだったみたい。

「依頼、受けるんですね」

研究者なのに、修理を受ける事もあるんだ。

「陛下の命《めい》を断るわけにはいくまい」

私の脳裏《のうり》に、王宮で会ったウルド王の顔が浮《う》かんだ。

ウルド王の見た目はおじさんというよりお兄さんで、その肩書《かたが》きから想像する人物よりも若かったし、丁寧な言葉を使ってくれたから、あまり王様って感じじゃなかった。

ミカエルさんには伯父《おじ》さんにあたる人だ。

だけど、その命令は、ミカエルさんも断れないくらいなのか。

ダイヤ姫《ひめ》の方が偉そうな印象があるけど……王様だもんね。

「だが、一体どうやって三枚も修理すればいいのだ」

「そんなに大変なんですか？」

「なんと言っても――」

ミカエルさんは盾をひっくり返した。

へぇ、盾の裏側ってこんな風になってるんだ。

持つためのハンドルがついてるんだね。そりゃそうか。

書かれた名前を見るけど、私には「盾」の単語しか読めなかった。

何となく、水っぽい単語も書いてあるような、いないような……。

「――水竜の盾だからな」

「っ⁉」

もったいぶった言い方に、思わず息をのむ。

だけど、私はすぐに首を捻《ひね》った。

水竜の盾と言われてもピンとこない。

ミカエルさんの反応からわかるのは、ヴァンさんやエレナさんたちが持ってきた武器とは格が違うんだろうな、という事くらいだ。

「ランクが高いんですか？」

「ああ。高ランクも高ランク、ボス級の魔導具だ」

「えっ⁉」

何気なく触っていた手を離す。

掲示板《けいじばん》に貼《は》られた依頼書《いらいしょ》の、ボスの討伐報酬《ほうしゅう》を思い浮かべてぞっとした。

ピンキリではあったけど、それでもすごく高かった。一ヶ月豪遊《ごうゆう》できそうなくらい。

そのドロップアイテムって言ったら、もしかしなくてもすんごいレアなのでは？

「どうして私には来なかったんでしょう。魔導具師全員に依頼がいってるんですよね？」

「まだ魔導具師になって日が浅いからだろう。できると思われていない」

悲しいけど、たぶんその通りなんだろう。

「私、手伝いましょうか？」

「セツにはまだ早すぎる」

ミカエルさんは提案に首を振った。

即断《そくだん》されるほど難しいんだ。

そしてミカエルさんはすぐに、あごに手を当ててぶつぶつと呟き始めた。

「……いや、しかし三枚を五日でか……セツの手を借りた方が……だが魔力を使われると危ない……とはいえこのところ安定はしているな……難しいが案外わたしより早くできてしまうかもしれない……」

難しいって、どのくらい大変なんだろう？

灯台の魔導具を修理した時は少し時間がかかったけど、あれはたぶん魔石が足りなかったからだし、剣の修理も一回失敗したけど、修理自体にはそこまで時間がかかったわけじゃない。

三枚くらいなら私一人でも一日でできちゃいそうなものだけど。

ミカエルさんは逡《しゅん》巡《じゅん》した後、私の顔を見た。

「セツ、手を貸してもらえるか」

「はい！」

やった！

ミカエルさんに頼ってもらえた！

「無理のない範囲でな」

「大丈夫です。素材があるならできます」

三枚目の分は後でって言ってたけど、二枚分はあるって言ってたよね。

「レシピもあるな」

ミカエルさんが木箱の中から折りたたんだ紙を取り出して広げた。

見せてもらっても私には内容はわからないけど、単語と数が書いてあるところを見るに、ミカエルさんの言う通り、水竜の盾のレシピなのだろう。

「わたしはこれから何度かやってみる。セツはそろそろ終わりの時間だな。先に帰れ」

「見学したいです！」

私は勢いよく手を挙げた。

大変だっていうのがどんな感じなのか知りたい。

「ふむ。今日のうちに見せておくのもいいか」

ミカエルさんがレシピを片手に木箱の中に手を入れた。

「これによると――」

一つ一つ木箱から取り出しながらの素材の説明を、私はメモに書き記していった。

水竜の鱗《うろこ》――手の平サイズの紺色《こんいろ》の鱗、三枚。八枚しかなかった。

青真珠《しんじゅ》――青い真珠、三個。

妖精《ようせい》の羽根――虹《にじ》色に光る薄い羽根、一枚。

青鉄岩《せいてつがん》――青みを帯びた金属の塊、拳大。頭くらいの大きさの物があって、ミカエルさんがトンカチで割った。

金剛石《こんごうせき》――ダイヤモンド、大粒《おおつぶ》一個。

水鱗《すいりん》――触ると波紋《はもん》ができる鱗、五枚。

水――普通の水、コップ一杯。これだけは水道の魔導具で出した。

「こんなに必要なんですか？」

今まで私がやってきた修理ではこんなにたくさん使った事がない。

「それと、これだな」

ミカエルさんが魔石を一つ木箱から出した。

私はそれもメモに書き込んだ。

「王宮からの提供だけあって、全て最高品質だ」

真珠やダイヤモンドといった、稀少《きしょう》っぽい素材が使われている事からも、この魔導具のランクが高いのがわかる。

それを、魔導具師全員分用意したの？

盾の数もすごいだろうけど、素材も相当な量になったはずだ。しかも最高品質。

「これだけの水竜の盾と素材を、一体どうやって集めたのか」

ミカエルさんはうんざりしたように私と同じ疑問を口にした。

「軍でも動かすつもりなのか」

「軍隊で使うんですか？」

本物の戦争は知らないけど、その悲惨《ひさん》さは歴史やニュースで知っている。

「この数ならそうだろうな。どこかのモンスターの討伐だろう」

「なるほど」

モンスターか。良かった。

もし戦争に使うような物だったら、修理したくないし、ミカエルさんにもして欲しくない。

でも……装備品を修理するって事は、いつかそういう時が来るかもしれないよね……。

依頼の時に用途を聞くわけじゃないから、何に使われるなんてわからない。もしかしたら、私が修理した物が、人を傷つけるために使われちゃうかも。

「何を考えている？　まさか、自分が修理した武器が人を殺《あや》めるかもしれない、などと思っているのではないだろうな」

「えっ」

そのものズバリ考えを見透《みす》かされて、私は驚きの声を上げてしまった。

「そんな事だろうと思った」

ふん、とミカエルさんが鼻を鳴らした。

「魔導具師になれば……いや、武器や刃物を扱う職人も、みな同じ苦悩《くのう》に直面するものだ。だがな、道具に罪はない。結局は使う者次第だ。善悪はその使い方にある。回復ポーションや回復魔法とて、拷問《ごうもん》に使う事もできるのだぞ」

それって、痛めつけた後に回復させて、また傷つけるって事!?　怖すぎる!!

ミカエルさんの言う事はもっともだ。物語の中でも散々言われてきていた。

包丁が殺人に使われたからって、それを作った人や研《と》いだ人が悪いって事にはならない。

それを言ったら、トンカチだって紐《ひも》だってお風呂《ふろ》だって車だって、何もかも作れない事になっちゃう。

戦闘機《せんとうき》やミサイルだって……人を傷つける物でもあるけど、大切な人を守るための物だって考える事もできる。

私が修理をした武器が人を傷つけたって、それは傷つけた人の責任で、私のせいじゃない。

それに、私はもう投擲弾《とうてきだん》の選別をしてしまっている。それだって、人を傷つける可能性がないわけじゃない。

まさか人に向かって使うわけじゃないだろうけど、ヴァンさんやエレナさんの剣もすでに修理してしまった。

理屈《りくつ》ではわかる。

わかるけど、たぶん私はずっとこの葛藤《かっとう》を抱えていく気がする。

「嫌ならやめてもいい」

「いえ、やります」

武器じゃなくて防具だっていうのもあって、私は即答《そくとう》した。

「まあ、まずは見ているといい」
ミカエルさんは盾の周りに素材と魔石を配置した。
素材の品質がいいのであれば、それを原因とした失敗はあり得ない。
なら、やっぱり簡単な気がするけど。
私は首を捻りながら、ミカエルさんが修理をする様子を見守った。
ミカエルさんは左手を盾にかざし、右手で魔石の一つを持った。
それを盾に近づけていく。
いつもはさっとやってしまうのに、動きはとてもゆっくりだった。
気迫《きはく》のようなものを感じて、すごく集中しているのがわかる。
ある程度近づけたところで動きを止め、ミカエルさんはそのままじっとしていた。
つられて私も息を潜《ひそ》める。
でも、なかなか魔石の光は消えないし、素材も盾の中に入っていかない。
ミカエルさんのこめかみから汗《あせ》が伝った。
やがて、すっと魔石の魔力が抜けた。
だけど素材に変化はなく、盾は曇ったままだった。
失敗だ。
ふぅ、と息をついたミカエルさんが目を開けた。
「駄目か。やはり水竜の盾ともなると手強《てごわ》いな」
ミカエルさんがハンカチを取り出して、汗を拭《ぬぐ》った。

何分たったのかはわからない。だけど、すっごい大変なのはわかった。魔石を近づけるだけじゃ全然できないんだ。

修理屋の人たちはミカエルさんよりずっと修理が得意だろうけど、ミカエルさんだって、下手くそってわけじゃないと思う。

これは確かに時間がかかるかもしれない。

ミカエルさんが大きく深呼吸をした。

「もう一度いくぞ」

再チャレンジだ。

魔石を新しい物に交換《こうかん》した後、さっきよりも長い時間、ミカエルさんは集中し続けた。

眉間のシワがどんどん深くなっていく。

だけど、結局、盾を修理する事はできなかった。

「駄目だな」

ミカエルさんが手に持っていた、魔力の抜けた魔石を盾の上に置いた。

「と、こういう具合だ」

ミカエルさんが両手を広げてみせた。

ゲームの世界なら、修理屋の人に修理をお願いするだけでいいんだろうけど、現実では、修理屋の人たちはこんな大変な思いをしているわけだ。

「一度やってみてもいいですか？」

「まあ、少しくらいならいいか」

ミカエルさんは外をちらりと見て時間を確認してから、許可を出した。
私に場所を譲《ゆず》ると、ミカエルさんが魔力ポーションのコルクを抜いて、横に立った。
「念のためだ。灯台の魔導具ほどは使わないと思うが」
私が自分の魔力を使ってしまうのを心配してくれている。
「気をつけます」
もうずっと魔力を使った修理はしていないけど、用心するに越《こ》したことはない。
素材は――よし。
自分のメモと見比べて、素材が揃っている事を確認した。
ミカエルさんが準備したんだから間違っているはずはないのはわかっている。
これは修理をする前の儀式《ぎしき》のようなものだ。
魔石も一個で合ってる。
あとは修理をするだけ。
私は盾を表が上になるようにひっくり返した。
何となくこの方が盾を修理してるって感じがしたから。
その上に左手を置いて、右手に魔石を持つ。
深く深呼吸をして。
修理～修理～修理～。
念じながら、魔石を盾に、こつんとぶつけた。
しかし、何も起こらない。

魔石の魔力もなくならなかった。
もう一度。
修理～、修理～、修理～。
こつん。
何も起きない。
修理～、修理～、修理～。
こつん。
修理～、修理～、修理～。
こつん。
修理～、修理～。
こつん。
修理～。こつん。
修理～。こつん。
修理～。こつん。
「で、できない……」
修理どころか、失敗すらできない。魔石の魔力が抜けていかない。
「なんで～？」
「だから言っただろう。高ランクの魔導具の修理は難しいのだ」
ミカエルさんが腕を組んで言った。

「まず、高ランクの魔石から魔力を抜くのが難しい」

私は手の中の大きな魔石を見た。

「それなら、小さな魔石をたくさん使えばいいんじゃないですか？」

灯台の魔導具は大きな魔石を使うのに躊躇《ちゅうちょ》して、そうやって修理した。

「可能だが、それだけの魔石が用意できない」

「確かに」

この大きさの魔石の魔力を賄《まかな》おうと思ったら、いつものサイズの魔石だとすごくたくさん必要になるだろう。

何度も失敗したら、あっという間になくなってしまう。

「そういえば、この修理の報酬ってどうなるんですか？」

ミカエルさんが指をピンと立てた。

「実績になる」

「実績って、何か役に立つんですか？」

昇級《しょうきゅう》試験があるとか。そんなの聞いた事ないけど。

「いや。名誉《めいよ》のようなものだ」

「え、それってつまり、無償《タダ》って事ですか？」

「国からの要請《ようせい》だからな」

レシピも素材も魔石も用意されてるとはいえ、タダ働きなの？

「そう思えるのはいい傾向《けいこう》だ。能力が貴重だと認識できてきた証拠《しょうこ》だからな。だが今回は素材も魔石も提供されているだけで無償だ。どのみち王命では断われない」

ミカエルさんは私の考えを読んだように言った。

「滅多《めった》にない経験が積めると思えばいい」

そうかもしれない。そうかもしれない、けど。

「納得できません」

私はくちびるを尖《とが》らせた。

「仕方ない」

ミカエルさんは慣れているというように肩を竦《すく》めた。

「さて、そろそろセツは帰れ」

「え、せめて失敗できるようにはなりたいです」

「明日も仕事があるだろう」

「ミカエルさんだって――」

「師の言う事は聞け」

私はミカエルさんに追い出された。


「手強《てごわ》い……」

次の日、投擲弾の選別が終わってすぐに挑戦したけど、昼前からその日の最後まで時間をかけても、水竜の盾の修理は全くできなかった。

というか、まだ失敗にも到達《とうたつ》できていない。

魔石の魔力を使えばいいって言われても、全然わからない。

だいたい魔力っていう存在自体が、いまだに私にはわかっていないのだ。

体から抜ける時の感覚はあるけど、自分で放出したりはできない。

今までどうやって魔石を使っていたのかもわからなくなりそうだった。

ミカエルさんの方も、何度も失敗を繰《く》り返している。

「集中している時は何を考えているんですか？」

私は念じながらすぐに魔石をぶつけてしまうけど、ミカエルさんは集中している時間が長い。

集中して集中して集中して最後に修理に挑戦している感じ。

「魔導具に素材と魔石の魔力が吸い込まれていく様子をイメージしているな」

「私と似てますね」

私も素材が球になってしゅぽんと魔導具に吸い込まれていくのを想像している。

「あとは……言語化が難しいのだが、魔導具が開かれていくようなイメージだ」

「開かれていく？」

「魔導具が魔力を受け入れる準備ができるというか、皮を剥《む》くよう……ではないな。こう、魔導具の中心部に穴が開いてそこから割り開いていくような……うむ、やはり言語化が難しい。とにかく、魔導具側の準備ができたな、と思った時に、魔石から魔力を引き出すのだ」

「魔導具側の準備ができた時ですか」

ミカエルさんのイメージは全く理解できなかったけど、そういえば、素材や魔石には意識を向けていても、魔導具の方を意識した事はなかった。

「帰る前にもう一度だけやってみてもいいですか？」

「ああ」

私は左手を盾の上に置いた。

手の平で盾の感触《かんしよく》を意識する。

素材が球になって魔導具の周りを周回するのと、魔石の魔力が魔導具に流れていくのを想像し、最後に魔導具がそれらを吸収するところを想像して……。

今っ！

カッと目を開き、魔石を魔導具にぶつける。

こつん。

「ああ～、失敗！」

私は顔を両手で覆った。

素材はそのまま残っているのに、魔石の魔力が全てなくなっていた。

「難しい～～!!」

「魔石の魔力が抜けただけ進歩ではないか」

「そうですけど～」

今は絶対いけると思ったのに！

「もう一回やります！」

「駄目だ。今日は終わりだ。もう帰れ」

「あと一回だけ。感覚を忘れないうちに」

「キリがない。集中力ももう限界だろう。明日にしろ」

「はーい……」

今日もまたミカエルさんに追い出されるようにして、私は工房を出た。


四日たっても、私たちはまだ苦戦していた。

私は魔導具の選別と修理の依頼を合間にやりながら、水竜の盾と格闘《かくとう》している。

なんとか魔石の魔力を引き出すところまではこぎ着けたけど、失敗ばかりだ。

ミカエルさんなんて、朝から一日中やってるから、私よりもずっと疲れてると思う。

空《から》の魔石だけが増えていく。途中で騎士さんが木箱を交換しにきた。

「だから五日では無理だと言ったのだ……」

ミカエルさんがぶつぶつとぼやく。

「あと一日でできると思います？」

進歩が見えないから、ゴールがどこにあるか全くわからない。

「できなければそう報告するしかない。わたしは研究職で、ましてや装備品の修理には慣れていない。元々セツは頭数に入っていないしな」

そう言いながら、ミカエルさんは焦っているようだった。

だよね、王命だもんね。

気合いを入れ直してもう何回目かもわからない挑戦をすると――。

「あー、駄目だー。できないー……」

修理に失敗し、私は天井を仰いだ。

「アウグストは一枚できたと言っていたな……くそっ、あいつに後《おく》れを取るなど……せめて一枚だけでも……」

そうか。ミカエルさんの場合は、手柄《てがら》の取り合いみたいなものもあるのか。公爵家だから優《すぐ》れていなくてはいけない、っていう縛りがありそう。

じゃあ私は、何のために修理をしてるのかな。

ただ挑戦してみたくてやっている。

だけど、修理屋になりたいって思ったのは、私にできる事をしたかったから。

そして、誰かの役に立ちたかったから。

「これって、モンスターと戦うのに使うんですよね」

「推測だがな」

私はシマリスと戦った時の事を思い出した。

修理をしないで持って行ったら、あの時の閃光弾みたいに、いざという時に役に立たないかもしれない。

もし明日までに修理できなかったら、これを使う人は、そういう危険を冒《おか》す事になるんだ。

ぎゅっと胸が苦しくなった。

絶対に、成功させなきゃ。

私は盾の表面をなでた。

この水竜の盾は、誰かを守るためのもの。

損耗率をゼロにして、万全《ばんぜん》の状態で戦って欲しい。

私の魔導具師としての素質は、使う人の命を守る事ができる。

左手を盾の上に。右手には魔石を持つ。

体の力を抜いて、深呼吸。

この盾を使うと、盾の前に水の障壁《しょうへき》ができて、攻撃を防ぐ事ができるらしい。特に炎系の攻撃に強い。

これを使う人は、炎の属性を持つ敵と戦う事になるんだろう。

炎の攻撃を防げるように。少しでも熱くないように。

修理と念じるだけではなくて、願いを込めて魔石を魔導具に近づけた。

こつん。

途端、素材がそれぞれ球になった。

くるくると盾の周囲を回る。テーブルを突き抜けて、球状に。

「できた⁉」

「っ！」

私の声に反応して、ミカエルさんは顔を上げて目を見開いた。

球はこれまで私がやった修理のどれよりも長く回っていた。

縦横無尽《じゅうおうむじん》に回る様は、化学の教科書に載っていた、陽子の周りを飛ぶ電子の図に似ていた。

全ての球がしゅぽんしゅぽんと吸収された後、盾は当然のようにピカピカになっていた。

元々傷はあまりついてない盾だったけど、傷だらけだったとしても、きれいに直っていたはずだ。

「やはり、セツの方が早かったな」

ミカエルさんが肩を落とした。

「で、でも、ミカエルさんは修理屋ではないですし！」

「修理屋の卵の師のつもりだったのだが？」

「……すみません」

フォローしたつもりが、追い打ちをかけてしまった。

そうだよね……修理の研究してるしね……。

「こればかりは素質によるものだから仕方がないな」

肩を落としたまま、ミカエルさんが諦めたように言った。

「よくやった」

「ミカエルさんの役に立ちました？」

これでアウなんとかさんに負けないで済むよね。

「何を言う。これはセツの功績だ」

「え？　でも私は手伝いで、あくまで弟子だし、依頼もミカエルさんに来たものですよね」

こういうのって、師匠の実績になるんじゃないの？

「セツが修理したのだから、セツの実績になるべきだ。手柄の横取りなどするものか。見くびるな」

ミカエルさんは少し怒ったように言った。

「わかりました」

私はぱちぱちと目を瞬《またた》く。

「本当によくやった」

ミカエルさんが笑顔《えがお》になって頭をなでてくれた。

また子ども扱い。

だけど、ふわふわした気持ちになる。

やっぱり少し恥ずかしくて、私はミカエルさんの顔を見られなくなった。

「二つ目やりますね」

「駄目だ」

「えっ」

てっきり許可してくれるものだと思っていたのに、ミカエルさんにあっさりと却下《きやつか》されてしまった。

ミカエルさんが真剣な顔をした。

何を言われるんだろう、と緊張《きんちよう》した。

師匠を差し置いて二枚目まで弟子がするのはよくないって事なのかな。

でもさっきも言ってたように、私の実績になるのは気にしてなさそうだよね。

上下関係もそんなに気にならないみたいだし。

最初はすっごく偉そうだったけど、私の素質を知ってからはそんな事なくなったし、一番側《そば》にいるガンテさんも、そんなすごい家出身ってわけでもないみたいだし。

ミカエルさんは、貴族としての体面を大事にはするけど、身内には甘《あま》いように見える。

師匠としての言葉も、私を思ってくれての発言ばかりだ。

むしろ、経験になるから、って私にさせてくれそう。

それとも、自分が受けた依頼だから、とかかな？

これもなんか違うような気がする。

使える物は使えってタイプ。

貴族だから人に何かをやらせるのは慣れてるだろうし、お金で解決するならそうしてそう。

じゃあ何だろう、とドキドキしていると、ミカエルさんが口を開いた。

「修理をしようにも素材がない」

「あっ」

私は手元のメモを見た。

そうだった。まだ来てない素材があるんだった。

えっと、水竜の鱗が足りないんだっけ。

ミカエルさんが修理に挑戦している盾の分はあるけど、三枚目の分がない。

「というわけで、今日は終わりだ」

「わかりました」

やってみたくても、材料がないならどうしようもない。

素材が届くのを待とう。

そう、思ってたんだけど――。


「来ませんね」

テーブルの上に置いた盾を見ながら、私は呟いた。

修理の締め切りは今日の夕方。

なのに、三枚目の盾の素材がまだ来ない。

修理に必要な素材到着《とうちゃく》が期限当日になるとかあり得なくない？

ハインリッヒ公爵家なら独自の伝手《つて》でなんとかするだろう、って事で、素材の提供を後回しにされたのが原因らしい。

もちろん、ミカエルさんも、今日までただ手をこまねいて待っていたわけじゃない。

ちゃんと素材を手に入れるために色々やったと言っていた。

だけど、ミカエルさんに確保できるものなら王宮が先に確保しているはずで、品質のいい素材は見つからなかったそうだ。

「素材くれるって言ったのにくれないんですから、あっちの契約違反《けいやくいはん》じゃないですか」

「そう簡単な話ではない。ハインリッヒ家にも面子《めんつ》というものがあるのだ。処罰《しょばつ》を受けるまではいかないが、王命に応《こた》えられなかったとなれば立場が悪くなる」

ミカエルさんがテーブルに肘をついて頭を抱えた。

え、そんなに大事《おおごと》になるの⁉

できなければ仕方がない、って言ってなかったっけ？

「せめて兄上がいて下さっていたら……」

「近くにはいないんですか？」

「ああ。辺境で魔王の攻勢《こうせい》を押し留めている」

「えっ」

魔王という言葉を聞いて、私はびっくりしてしまった。

「お兄さんって、たの――勇者様と一緒にいるんですか？」

「いや。勇者は別行動だろう。そのうち会いはするかもしれないが」

「あ、そうか。勇者様は自分たちで冒険《ぼうけん》しないといけないんでしたっけ」

「ああ。勇者が真の力に目覚めるためにはその過程が必要だ」

ミカエルさんが、ふと顔を上げた。

「なぜそれをセツが知っている？」

「なぜって？」

「機密ではないが、王族か宮廷《きゅうてい》の上層部くらいしか知らない情報のはずだ」

「そ、そうなんですか～？」

私は首を傾《かし》げて何でもない振りを装った。

え、そんな重要情報なの、これ？

「ああ、布令《ふれ》が出ていたんだったか」

「そ、そうです！　そうですよっ！」

本当にお布令が出てたのかどうかは知らないけど、私はミカエルさんの言葉に飛びついた。

そうだよね。みんな知ってるはずだよ。

田野倉くんが魔王討伐に出発した事は大々的に発表されたんだから。

強い冒険者だったら、勇者の魔王討伐の手伝いをしようって思うはずだ。

だって魔王だよ？　モンスターを集めて攻撃してくる人類の敵で、討伐には世界の存続が懸かっているって言われている。手伝った方がいいに決まってる。

ていうか、冒険者ギルドのすごい人集めて、みんなで旅すればいいじゃんって話になる。

それじゃ駄目だってみんながわかってないと、勇者の冒険が成立しなくなる。

私がお布令の存在を知らないのは、冒険者じゃないし、ギルドの貼り紙も読めないからだ。きっとランクの高い冒険者の人たちはもうみんな知ってるんだろう。

そういう事にする。

「えーっと、あー、それで、お兄さんがいれば素材を集めてもらえたのに、今はいないから、素材が足りないわけですよね」

「まあ、どのみち二枚目も修理できていないから、三枚目の素材が集まったところで意味はないがな」

ミカエルさんが苦笑《くしょう》した。

「あの、それ、一度私にやらせてもらえませんか？」

私はミカエルさんの前にある盾を指差した。

今にも壊れそうなくらい損耗率のたまっている盾だ。

といっても、損耗率は修理の難易度には影響しないから、たくさんたまっているからといって、修理が難しいわけじゃない。

「ああ、そうだな。やってみてくれ。わたしは少し外の空気を吸ってくる」

左手を額に当て、右手を上げてミカエルさんは盾の前からどいた。

そのまま工房の外へと出て行く。

一つ目を修理するのにも結構時間がかかったから、そう簡単に修理できるとは思えないけど――。

もしも私の魔導具師としての素質がレベルアップしてるなら、ワンチャンあるかもしれない。

素材と魔石の数が間違っていない事を確認する。

ルーティンで気持ちを修理に集中させたところで、盾に左手を当てて、右手に魔石を持つ。

大きく深呼吸。

修理、と念じながら魔石を盾にぶつける。

その瞬間、私は大きな声を上げた。

「あっ！」

なんと、一発でできてしまった。

昨日一度修理に成功した事でレベルが上がったのかも。

その後戻って来たミカエルさんは、ピカピカになった傷一つない盾を前に絶句していた。

そして、昼過ぎにようやく待望の素材が届き、それを使って私はあっさりと三枚目の修理も終わらせてしまったのだった。

閑話《かんわ》・二　火竜《かりゅう》

ついにわたくしたちは火竜の住み処《か》にたどり着きました。

洞窟《どうくつ》の最奥《さいおう》、天井《てんじよう》の高い大きな空間で火竜が丸くなって眠《ねむ》っています。

ここに到達《とうたつ》するために、複数枚の盾《たて》を壊《こわ》しました。

ですが、それでもなお、わたくしたちの手元には十枚の盾がありました。

全《すべ》て、修理済みの物です。

呼び寄せた防具の修理屋は役に立たず、結局、わたくしは王都に盾を送って魔導具師《まどうぐし》たちに修理させました。

いくら火竜の炎《ほのお》の息吹《いぶき》が強力であろうとも、これだけの水竜の盾があれば倒《たお》しきる事ができるでしょう。

「起こさないように、そっと近づこう」

勇者様が盾を五枚まとめて抱《かか》えました。

ルビィが四枚、わたくしが残りの一枚を持ちます。

わたくしたちはなるべく火竜に近い位置に盾を置きました。

「この一回でケリをつける」

勇者様が力強く宣言します。

わたくしは自分たちに耐火《たいか》の魔法を重ね掛《が》けすべく、呪文《じゅもん》を唱え始めました。

気配に気づいた火竜が首を上げました。

ぼうっ！

火竜の容赦《ようしゃ》のないブレスが、走り寄った勇者様を襲《おそ》います。

後方で支援《しえん》をしているわたくしにも、その凄《すさ》まじいまでの高温は感じられました。

勇者様は手に持つ盾の能力でそれを受けました。足を踏《ふ》ん張り、その勢いに耐《た》えます。

そして、ブレスが途絶《とだ》えた瞬間《しゅんかん》を狙《ねら》って火竜に斬《き》りかかりました。

負けじとルビィも強烈《きょうれつ》な蹴《け》りを火竜の頭部に浴びせます。

ブレスによって何枚も盾を壊されながらも、攻撃《こうげき》を続けるうちに、火竜は弱っていきました。

その息吹の勢いこそ鈍《にぶ》ってはいませんでしたが、勇者様の光魔法をまとった剣《けん》により全身に傷を負い、ルビィの打撃《だげき》によろめくような動作を見せたのです。

あと少しで倒せる。そんな予感がありました。

ですが——。

「くっ」

ブレスを受けて、勇者様が構えていた盾がバキリと音を立て砕《くだ》け散ってしまいました。

すかさず勇者様は、地面に置いてあった最後の盾を拾い上げました。

次の火竜のブレスを、勇者様は盾で受けるのではなく、横に飛んで避《よ》けました。

勇者様の耐火魔法の効果が切れそうになっているのを見て、わたくしは呪文を唱えようとしました。

その時、体の中に湧《わ》き上がる力を感じました。一つ上の耐火魔法を習得したのです。

わたくしはさっそくその魔法を唱え、勇者様に掛《か》けました。

先ほどよりも多くの魔力が体から抜《ぬ》けていきます。

最後の魔力ポーションを飲みますが、感覚からして、新しい耐火魔法もそう何度も使えそうにありません。

火竜が尻尾《しっぽ》を振《ふ》り回しました。

勇者様が上に、ルビィが後ろに飛んでそれを避けます。

素早《すばや》く向き直った火竜が、口を大きく開けました。

「くっ」

勇者様は空中で盾を構え、スイッチを入れて水の盾を展開させました。

何度もブレスを受けながら、勇者様が火竜へと近づいていきます。

ですが、火竜の方も必死でした。

あと少しで聖剣《セイント・ソード》の間合いに入るというところで、足止めされてしまいます。

「くそっ」

勇者様の焦《あせ》る声が聞こえてきます。

そろそろ盾も限界でしょう。

わたくしは一瞬だけ使える聖盾《セイント・シールド》を唱え、水竜の盾が壊れる瞬間に備えました。

しかし、その水竜の盾は勇者様を守り続けました。

勇者様がブレスを防いでいる間に、横から駆《か》け寄ったルビィが脚《あし》へと拳《こぶし》を放ちますが、火竜は持ちこたえ、勇者様に向かって口を開けました。

構う事なく距離《きより》を詰《つ》める勇者様。

火竜のブレスを受け止め、そのまま跳躍《ちょうやく》します。

バキンッ。

盾が霧散《むさん》しました。

しかしすでにブレスは途切《とぎ》れ、眼前に迫《せま》った勇者様は——。

「聖　剣《セイント・ソード》っっ！」

一閃《いっせん》。

——火竜の首を斬り落としました。

「よっしゃぁっ！」

「やりましたわっ！」

ガッツポーズをしたルビィに続き、わたくしも勇者様へと走り寄りました。

三人で喜びを分かち合います。

「さっさと女神《めがみ》様の力を貰《もら》おうぜ！」

ルビィの視線の先を見ると、火竜の落ちた首の上に、光の球が浮《う》かんでいました。

勇者様が火竜の上に上がって触《ふ》れると、光は分裂《ぶんれつ》し、わたくしたち三人の胸の中に吸い込《こ》まれていきました。

「ステータス・オープン！　——よしっ、レベルアップした！」

ステータス・オープンとレベルアップは、勇者様だけが使える特別な能力です。

何でも、レベルアップするとご自身の強さが増し、ステータス・オープンでそれを確認《かくにん》できるのだとか。

わたくしが新たな魔法を習得したり、ルビィの素早さが鍛錬《たんれん》で増すのとはまた違《ちが》う仕組みなのでしょう。

「ダイヤ、新しい耐火魔法が使えるようになったんだね」

「はい！」

「ルビィも最後のパンチ、良かったよ」

「へへへ。あれは勇者が盾で耐えてたからこそだぜ」

ルビィが汗《あせ》でぐっしょりと濡《ぬ》れている後頭部に手を当てて照れる様子を見せました。

「最後の盾だけ他より長く保《も》ったよな」

「そうかな？」

「修理した魔導具師の腕《うで》が良かったのかもしんねぇ」

「それはないよ。損耗率《そんもうりつ》は確率でたまっていくからね。単なる偶然だよ」

「でもよ、ちゃんと修理はしてくれたんだよな。もしかしたら、あのおっさんよりも他の魔導具師の方が使えるんじゃね？」

「そうか。修理できた人を呼べばいいんだ。何も防具専門の修理屋じゃなくてもいいのか。ダイヤ、できるよね？」

「それは……」

ざわりと胸騒《むなさわ》ぎがしました。

「一番たくさん修理できた人にしよう。武器の修理屋かな？」

わたくしは最も多くの水竜の盾を修理した人物を知っていました。

だからこそ、来させるわけにはいきません。

「あの修理屋を連れてくるのも、商業ギルドの反対にあって簡単ではありませんでしたわ。また他の魔導具師を呼び寄せるとなれば、さらに強い反発にあうのは必至です。冒険者《ぼうけんしゃ》ギルドも黙《だま》ってはいないでしょう。修理屋を呼べば冒険者の活動に影響《えいきょう》が出ます。王都付近のモンスターの討伐《とうばつ》が疎《おろそ》かになれば、民《たみ》に危険が――」

「けど、魔王討伐よりも優先する仕事なんてないよね？　なんたって世界を救う旅だよ？」

わたくしはそれ以上、反論する言葉を見つけられませんでした。

勇者様の仰《おつしや》る通りだからです。

「……わかりました。お父様に進言致《いた》します」

「よろしくね。――さて、入り口まで戻《もど》ろうか。行きでだいぶ倒してきたから大丈夫《だいじようぶ》だと思うけど、水竜の盾はもうないから、慎重《しんちよう》にね」

「だな！」

剣を抜いてこの空間から出ようとする勇者様に、ルビィが続きます。

「やはり、やるしかありませんわね……」

わたくしはぐっとくちびるを噛《か》み締《し》めました。

勇者様が悲しまれるだろうから、と一度は思い直しましたが、こうなってしまっては仕方がありません。

目立たず静かにしていればいいものを――。

わたくしは二人が十分に離《はな》れるのを見て、鞄《かばん》から遠話の魔導具を取り出しました。

第三章　不発弾《ふはつだん》をなくします

人の口に戸は立てられないとはよく言ったもので。

ヴァンさんとエレナさんの武器の修理を請《う》け負ったのを見ていた人がいて、裏メニューの事はすぐに広まった。

最初は様子見をしていた冒険者《ぼうけんしゃ》の人たちも、ヴァンさんが何度か装備品の修理を依頼《いらい》してくるうちに、ぽつぽつと装備品の修理の依頼も入るようになった。

ミカエルさんからは、表立って宣伝せず、ミカエルさんの前で修理をするのなら、装備品の修理を受けてもいいと言われている。

冒険者さんたちによく使われている装備品をリーシェさんに教えてもらって、料金表も作った。もちろん他の修理屋さんと同じ値段にしてある。

そこに、どこからか、私が水竜《すいりゅう》の盾《たて》を修理したらしいという噂《うわさ》も流れ始めた。

それが実績になって、お客さんがいっぱい来てくれるようになった——なんて物事が簡単に進むわけもなく、やっぱりぽつぽつとしか依頼は入らなかった。

どうせ師匠《ししょう》が弟子《でし》に花を持たせるために弟子がやった事にしたんだろう、という話になっているみたい。

弟子の成果はそれを教えている師匠の成果でもあるから、なかなか説得力のある説だ。

少なくとも、駆《か》け出しの魔導具師《まどうぐし》の卵がやった、っていうよりは、ずっと真実味がある。

そのうちに防具の修理屋さんが店を再開して、常連になってくれそうだったお客さんも来なくなった。

たまに、誰《だれ》でもいいから急いで修理を、っていう飛び込《こ》みのお客さんが来るくらい。

結局、私の固定のお客さんはヴァンさんのまま。

エレナさんたちも、結局あれから会っていない。王都を拠点《きょてん》にしているわけじゃないって言ってたから、王都にも来てない可能性もあるけど、もしかしたら、他の修理屋さんの所に行ってるのかもしれない。

お客さんに来てもらえなければリピーターを作る事もできないわけで。

投擲弾《とうてきだん》の選別をしているからなんとか生活は成り立っているものの、今のままではとても修理屋とは言えない。

裏メニューの武器や防具の修理はなくてもいいんだけど、せめて本業の生活魔導具の修理のお客さんだけでも来て欲《ほ》しい。

生活魔導具のお客さんも、一日一人来ればいい、といった感じだ。

これが普通《ふつう》のお店なら、手っ取り早いのは広告なんだろうけど、冒険者ギルド内だから、みんなここに修理屋がある事は知っている。今さら宣伝をしても意味がない。

表メニューの値段を下げるのはミカエルさんに禁止されているし、サービスを増やすのも駄目《だめ》だ。

装備品の修理の素材をこっちで用意して値下げすればいいのかもしれないけど、何が持ち込まれるかわからないから、全部の装備品の素材をストックしておくなんて不可能だった。

他にも案を考えてみたけど、どれもミカエルさんに論理的に却下《きやっか》された。

それに、結局のところ、そこじゃないんだよね。

やっぱり私の信用の問題なんだ。

お客さんが来なければ信用を得ることができなくて、だからお客さんが来ない。

堂々巡《どうどうめぐ》りだ。

私は勉強の手を止め、腕《うで》を組んでうーんと唸《うな》った。

お店を経営するって難しい。

＊＊＊＊＊

ある日、飛び込みのご新規さんから武器の修理を依頼された。

久しぶりに来た装備品の依頼に浮《う》かれつつ、修理の素材を用意して、ミカエルさんに品質を確認《かくにん》してもらっていた時。

「困ったな」

そう言って、ミカエルさんが手を止めた。

「どうしたんですか？」

「素材が足りていない」

「えっ⁉」

「足りてはいるようですが？」

たまたま工房《こうぼう》に来ていたガンテさんがレシピ本を覗《のぞ》き込んで言う。

「数はあるが、品質が良くない。これでは必要分が揃《そろ》わない」

「なら、いつものようにミカエルさんから貰《もら》って――」

実は、こういう事は今までにもあった。

ヴァンさんは品質の良い素材しか持ってこないけど、たまたまついでに寄っただけって感じの一回きりのお客さんは、あまり品質の良くない素材を渡《わた》してくる事もある。

受け取る段階でレシピを確認して、必要な分プラスアルファの素材は貰っている。

だけど、その品質までは私は見分けられない。

いざ修理をしようとしてミカエルさんに見てもらった時に、品質が低い事が判明するのだ。

ミカエルさんは常に工房にいるわけじゃないから、依頼があったその時に確認してもらうというわけにはいかない。

そういう時は、ミカエルさんの研究用の素材を分けてもらっている。もちろん表メニューの素材同様、費用はちゃんとミカエルさんに払《はら》っている。つまり自腹だ。

「駄目だな。わたしの研究では使わない素材だ。ここにはない」

「なら修理はできないですね……」

品質が悪ければ修理はできないとあらかじめ言ってある。

だから、明日取りに来た時に、修理できなかったと言えばいい。私が悪いわけじゃない。

でも……。

「まずはギルドに当たろう」

ミカエルさんの提案で、ギルドにないか確認する事になった。

しかし残念ながら、ギルドには在庫がなかった。

「あそこなら、ある、か……？」

あごに手を当ててミカエルさんが言う。

あそこ？

「そうですね。あそこにならあるかもしれません」

ガンテさんには「あそこ」がどこなのかわかっているようだった。

「よしセツ、取りに行ってこい」

「わかりました。——で、どこに？」

私は首を傾《かし》げた。


「えーっと、ここが乗り場だよね？」

私は地図と周りの風景を見比べた。

向かいにお魚屋さんがあって、その隣《となり》には八百屋さん、そして背後には雑貨屋さん。

間違《まちが》いないはずだ。

だというのに、乗り合い馬車の乗り場だと思われる印が何もない。

バス停みたいな、看板と時刻表があるのを想像していた。

待つためのベンチがあるとは思ってなかったけど、看板までないなんて。みんなどうしてるの？

馬車を待っているっぽい人もいない。

似たような所と間違えているのか、地図が間違っているのか、それとも看板がないだけで場所は合ってるのか。

リーシェさんに聞いて地図も貰って、その通りに来たんだけどなぁ。

「取りあえず待ってみるかぁ」

私は雑貨屋さんの前で馬車を待つ事にした。

どうして乗り合い馬車に乗る事になったかというと、魔導具師のナハトというおじいさんに会いにいくためだ。

王都の自宅に研究室を持っている人で、私の師匠の候補でもあった。面接もしてくれたんだけど、私の能力を説明すると手に負えないと首を振《ふ》った人だ。

その人の所なら素材があるかもしれないらしい。

ナハトさんは貴族なのに、貴族街ではなくて平民街に住んでいる。それもはずれの方。

王都は王宮に近い中央辺りが一番土地が高くて、端《はし》の方にいくにしたがって値段が下がる。

ギルドは王宮と門の中間くらいにあって、私の家もその近く。

でも、ナハトさんが住んでいるのはもっと端っこで、門からも離《はな》れている安い所。

貴族ならもっといい所に住めるはずなのに、そんな場所にわざわざ住んでいる変わり者だ。

広い王都の中、歩いていくにはちょっとどころではない苦労をする事になるので、こうして乗り合い馬車に乗る事になった。

乗り合い馬車は決まったルートを回っているらしく、あっちの世界でいうバスのようなものだ。

時刻表があれば、近くの店で時間を潰《つぶ》す事もできるのに、いつ来るかわからないんじゃそうもいかない。

いや、あったとしても、正確な時間を知る手立てがなければ、時刻通りに来たかもわからないんだけど。

時間通りに電車が来てた日本でだって、道路の交通事情に左右されてバスが遅《おく》れる事はよくあった。

ぼーっと突《つ》っ立って、馬車が来るのを待つしかない。

私の前を何台か馬車が通り過ぎていったけど、箱形の馬車だったり荷馬車だったりして、トラックの荷台に人が乗る椅子《いす》がついているみたいな形の乗り合い馬車は、一向に来なかった。

「あ、来た！」

やっぱり場所が違うんじゃないか、と思い始めた頃《ころ》、ようやくそれらしき馬車がやってきた。

御者《ぎょしゃ》のおじさんがちらりとこちらを見たので、大きく手を振って合図をする。

馬車は私の前でぴたりと止まった。

「この馬車、ペレス地区に行きますか？」

「ああ、行くよ」

良かった。当たりだ。

馬車に乗るために後ろに回ろうとすると、おい、と御者に止められた。

「支払いが先だ」

そうなんだ。

日本では後払いしかした事がなかった。

「おいくらですか？」

私が革袋《かわぶくろ》を取り出すと、私の前に手を伸《の》ばしていたおじさんは変な顔をした。

「切符《きっぷ》だ」

「切符？」

聞き返すと、おじさんは呆《あき》れたように溜《た》め息をつき、手綱《たづな》を握《にぎ》った。

そしてぱしっと手綱で馬に合図を送ると、なんとそのまま馬車は出発してしまった。

「えっ？」

置いていかれた私は茫然《ぼうぜん》とする。

馬車、行っちゃったんだけど……？

途方《とほう》に暮れていると、たまたま通りかかったらしきおばさんに声を掛《か》けられた。

「お嬢《じょう》ちゃん、王都に来たばかりかい？　乗り合い馬車に乗るには切符が必要なんだ。そこで買えるよ」

指差された先は、後ろの雑貨屋さん。

「そうなんですか。ありがとうございます」

「どういたしまして」

雑貨屋さんで切符を買わないといけないなんて。

切符といえば券売機と思っていた私は、雑貨屋さんで買うという事に面食らった。そもそもあっちの世界で切符を買った経験すらない。だってピッで済んでたから。

リーシェさんは切符の存在までは教えてくれなかった。常識すぎて教えるのを忘れたんだと思う。

切符がいるというなら買うしかない。

私は雑貨屋さんに入って、カウンターにいる店員さんに声を掛けた。

「乗り合い馬車に乗りたいんですけど」

「どこまで」

本当にここでいいんだろうか、と若干《じやっかん》不安に思いながら聞くと、店員さんはぶっきらぼうに答えた。おばさんの助言は間違っていなかったらしい。

「ペレス地区まで」

「なら、銀貨五枚だ」

店員さんはメニューみたいな紙を取り出して、料金の所をトントンと指で叩《たた》いた。

高っ。

え、そんなにするの？

「もう少し安くなりませんか」

「値切れるもんじゃないよ」

何だこいつ、という顔をされる。つまりは乗車賃は定価なわけだ。

「でも、こっちに少し安い料金が書いてありますよね」

隣の料金を目ざとく見つけた私は、それを指差した。

もう数字を読むのには慣れた。

「これは往復の場合だ」

「それでお願いします」

帰って来なきゃいけないんだし、安くなるならこっちの方がいい。

私は書かれていた料金の二倍——往復料金を払って、切符——という名の板を二枚手に入れた。

表面に何か書いてあるけど、私には読めない。まさかここで騙《だま》されたりはしないだろう、と信じる事にする。

無事に乗車券を手に入れた私は店の前で次の馬車を待った。

どのくらい待たなきゃいけないんだろう。

でも、同じルートを複数台で回ってるらしく、そんなに待たなくてもいい、はず。前のも私がここに来てすぐに来たしね。

そう期待しながら待っていると、随分《ずいぶん》たってから次の馬車が来た。予想は大外れだった。

「どこまで」

「ペレス地区までお願いします」

御者のおじさんが差し出してきた手に切符の片方をのせると、おじさんは、ん、とあごで荷台を示した。

やっと乗せてもらえる。

私は馬車の後ろに回った。

馬車の車体は、馬車と聞いて普通想像するような箱形ではなくて、軽トラックの荷台のようにオープンだ。どっちかっていうと荷馬車のイメージに近い。

車体の上には進行方向と平行に向かい合ってベンチ——というか、木箱が並べてあって、ぺらっぺらのクッションでかろうじて座席の体《てい》を保っている。

後ろのステップを使って車体に上がると、乗客は三人いた。普通の街の人って感じ。私もたぶんそう見えてるんだろう。

私が空いている席に座《すわ》るか座らないかのタイミングで、馬車は走り出した。

思ったよりも揺《ゆ》れる。

っていうか、ガタガタどころか、ガッタンガッタンと揺れている。

薄《うす》いクッションは緩衝材《かんしょうざい》として全く機能していなくて、お尻《しり》が浮くほどに大きく揺れる事もあった。

しっかり口を閉じていないと舌を噛《か》みそう。

私は車体の縁《へり》をしっかりとつかんだまま後ろを振り向いて、車輪を確認した。

なんと車輪は木でできていた。

そりゃそうだ。ゴムタイヤなんて高性能なものがあるわけないもんね。

今まで何度も馬車を見て来たけど、車輪の素材なんて気にしてなかった。

これでひび割れたり剥《は》がれたりした石畳《いしだたみ》の上を走れば、当然揺れるに決まっている。

車輪は傷だらけで、むしろ石相手によく耐《た》えているな、とさえ思った。

揺れを抑《おさ》える構造——サスペンション？——だってあるのかも怪《あや》しい。

前に薬草採りで王宮の外に出た時に乗せてもらった荷馬車も揺れたけど、ここまでではなかった。

あれは土の道だったからなのかもしれない。

それならわざわざ石畳にしない方がいいんじゃないのかな。

駄目か。土のままじゃ、雨が降ったらぬかるみになる。石畳でさえ、馬車の重みでへこんできているくらいだ。

真っ平らなアスファルトが懐《なつ》かしい。それだってタイヤがパンクした自転車で通れば体に振動《しんどう》が伝わってくるのに。

今なら「我々ハ宇宙人ダ」って宇宙人の声真似《まね》が出来そう。絶対やらないけど。

力を抜《ぬ》くとガチガチと鳴りそうな歯をぐっと食いしばって振動に耐えていると、馬車がゆっくりと停《と》まった。

どうやら次の停留所に着いたようだ。

でも御者のおじさんから場所のアナウンスはなかった。てっきり、バスや電車みたいに、地名をアナウンスしてくれると思っていた。

これじゃあ、私が降りる所、わかんなくない？

ペレス地区って名前しか知らないのに、どこで降りたらいいかなんて見当もつかない。

道路標識なんてないし。

でも、少なくともここではないよね。ペレス地区は遠いんだから、こんなに近いはずがない。

どうしようと思っていると、一人が降りていって、代わりに別の人が馬車に乗り込んできた。

すぐに馬車が走り出す。

そしてしばらくした後、また停まった。

そこに馬車を待っていたらしき人はいなかった。降りていく人もいない。

着くのが早すぎて時間になるまで待ってるのかな、と思ったら、目の前の店からわらわらと人が出てきて、御者のおじさんと共に車体の後ろに回ってきた。

すると、乗客たちがみんな馬車から降り始めた。

「あんたもどいとくれ」

「え？」

御者のおじさんにしっしっと追いやられるようにして、私も馬車から降りる。

おじさんは座席のクッションを一つにまとめて床《ゆか》に放《ほう》り投げると、さっきまで私が座っていた座席の木箱を持ち上げた。

そしてそれを集まってきていた人に渡す。

受け取った人は店の中に運んでいった。

なるほど。乗客と一緒《いっしょ》に荷物も運ぶんだ。

荷物を下ろすためにお客さんを一度降ろすって発想がすごいけど、効率を考えれば理に適《かな》っている。

おじさんは次々に木箱を渡していった。

木箱が全部なくなると、今度は馬車に木箱が運び込まれていった。

積み込みが終わって、クッションが元《もど》に戻されると、降りて待っていた乗客たちがまた乗り込んだ。

ぼやぼやしてたら置いていかれちゃう。

私も急いで乗ってさっきの席に座った。

また揺れに耐える時間だ。

次に馬車が止まった時、私は一緒に乗っていたおばさんに話しかけた。

「あの、ペレス地区ってまだ先でしょうか」

「まだ先だよ」

「何か目印とかありますか？」

「ちょっと待ってな」

おばさんは立ち上がり、馬車の前の方へと歩いていった。

何かを御者のおじさんと話して、すぐに戻って来る。

「ペレス地区に着いたら教えるよう、頼《たの》んどいたよ」

「ありがとうございます！」

なんて親切な人だろう。

御者に頼めば教えてくれる、という情報もありがたかった。次はそうしよう。


何度か停留所に停まって、人が乗り降りしたり積み荷が上げ下げされた後。

「嬢ちゃん、降りな」

馬車を停めた御者のおじさんが御者台から振り返ってそう言った。

「ペレス地区に着いたんですか？」

「そうだって言ってるだろ」

おじさんは不機嫌《ふきげん》に言うと、両手で握った手綱を持ち上げた。

やばい。出発する気だ。

前の馬車に置いていかれた事を思い出し、私は慌《あわ》てて馬車から降りた。

「ありがとうございました」

ぺこりとお辞儀《じぎ》して馬車を見送る。

そして、大きく深呼吸をした。

はぁ、新鮮《しんせん》な空気って最高。

というのも……。

馬車を牽《ひ》いていた六本脚《あし》で緑色の馬は、馬と断言していいかどうかはともかく生き物には違いないわけで、生き物であるからには食事が必要なわけで、食べれば当然出さなきゃいけないわけで。ペットの猫《ねこ》とかと違って、決められた所でするんじゃないんだよね。つまり垂れ流し。牽きながらアレをポロポロと出していた。

そんなのを放っておいたら道路がすごい事になってしまうから、後ろにはちゃんと袋《ふくろ》がついていて、受け止められるようになっている。

けどさ……ニオイはどうしようもないんだよね。

動物園に行った時にかいだ記憶《きおく》のあるあのニオイは、耐えられない程《ほど》ではないにしろ、それなりにきつかった。

横を通り過ぎる時はそんなに気にならないんだけど、真後ろってのがね。

馬と車体の間にいる御者のおじさんは一日中なわけだけど、もう慣れてるんだろうな。

私は何度か深呼吸をすると、鞄《かばん》から目的地までの地図を取り出した。

直線距離《きょり》ではそう遠くない。でも、道が入り組んでいるから少し歩く。

ナビアプリがないのが不安だ。迷わないように気をつけないと。

「今はここだから、こっち、だよね」

周りを見回して地図の表記と照らし合わせ、進む方向を向いた。

大通りから外れて脇道《わきみち》に入れば住宅街だ。

ひたすらアパートが並んでいて、頭上では洗濯《せんたく》ロープにぶら下がった服がはためいている。

ヨーロッパの建築物みたいに建物と建物の間はぴったりとくっついて一体化していた。

配管とかどうしてるんだろう。

「ここ、かな？」

私は一棟《とう》のアパートの前で立ち止まった。

ワイン色の壁《かべ》。三階建て。

うん、間違いない。

ナハトさんは、ここの三階に住んでいるはずだ。

番地も建物名もないなんて、郵便屋さんや宅配の人が困るんじゃないかと一瞬《いっしゅん》思ったけど、普通の人はそんなの使わないんだった。

なんだか人の家に勝手に入るみたいだと思いながら、緑色の木のドアを開けた。

中は窓が小さくて薄暗《うすぐら》かった。

念のためランプの魔導具を点《つ》けておく。

目の前は木の階段。ハシゴかと思うくらい急だ。

左右にドアがある。一階の部屋の玄関《げんかん》なんだろう。

ギシギシと鳴る階段を上って二階へ。そしてさらに三階へ。

右側のドアについている表札と、ガンテさんに書いてもらった名前を見比べる。

念のために左側のドアの表札も見て、全然違う事を確かめた私は、トントンとドアをノックした。

しばらく待って、今度は強く叩く。

何も起こらない。留守なのかな?

ドアのノブに手を掛けて――。

「開いた……」

ドアには鍵《かぎ》が掛かっていなくて、すんなりと開いてしまった。

「すみませーん、誰かいませんかー」

頭だけ入れて恐《おそ》る恐る声を掛けてみる。

勝手に入らなければ不法侵入《しんにゅう》にはならないよね?

やっぱり返事はなくて、私は声を張り上げた。

「すみません!　誰かいませんか!」

「おー」

いた!

「入ってくれい」

「失礼します!」

許可を得たので、私はナハトさんの家に足を踏《ふ》み入れた。

「こっちじゃ、こっち」

声に従って玄関を抜け、声のする部屋へと向かう。

誰だか確かめもせずに家に入れちゃうなんて不用心すぎない？　強盗《ごうとう》だったらどうするんだろう。

訝《いぶか》しみながら、私は部屋のドアを開けた。

部屋の真ん中にどんっと置かれた大きなテーブルの向こう側に、白髪《しらが》で白髭《しろひげ》のナハトさんが座っていた。

テーブルの上には、色々な魔導具がごちゃっと置かれている。

見慣れた魔導具は全然なくて、私の知らない物ばかりだ。

さらにその向こう、ナハトさんの背後の床には、魔導具の山がいくつもできていた。

「お前さんは誰じゃ？」

ナハトさんは手元の魔導具から目線を上げて私の顔を見るなり、眉《まゆ》をひそめた。

「セツです。この前、弟子入りの面接をしてもらいました」

「セツ？　面接？」

ナハトさんは首を傾げ、一拍《ぱく》置いた後、ああ、と言った。

「あの時の娘《むすめ》か。何でも不発弾の見分けができるだとか、厄介《やっかい》な能力持ちの」

厄介って……。

その本人が目の前にいるんだけど……。

「そうです、そのセツです」

私は作り笑顔《えがお》をした。

「これ、ミカエルさんからのお手紙です」

私は預かった封書《ふうしょ》を渡した。

「ミカエル？　ミカエル・ハインリッヒ殿《どの》か。なぜミカエル殿から書簡が来るんじゃ？」

ナハトさんは首を傾げながら封《ふう》を開けた。

「ミカエルさんは私の師匠で――」

説明をしようとすると、ナハトさんは指を一本立てて私の言葉を止めた。

「なるほど。ミカエル殿がお前さんを引き取ったわけじゃな。物好きな事よ」

だから本人がここにいるんだってば……！

「それで、素材を譲《ゆず》って欲しいと」

「はい」

「構わんぞ」

「ありがとうございます！」

「あればじゃが」

ナハトさんは意味ありげに言った。

「それはどういう……」

「この中にある」

親指で示されたのは、ナハトさんの背後――。

壁？

なわけないよね。魔導具の山の方だ。

「早《はよ》う来い。お前さんも探すんじゃぞ」

立ち上がったナハトさんに手招きされ、私はテーブルを回ってナハトさんの隣に行った。

よく見れば、積んである魔導具は、どこかしらにヒビが入っていて、全《すべ》て壊《こわ》れていた。

その中に、素材っぽい物が埋《う》もれている。

「確かこの辺に……」

ナハトさんはガシャガシャと音を立てて山を崩《くず》し始めた。

隣の山と融合《ゆうごう》しても全く頓着《とんちゃく》していない。

山ごとに分類してあるわけではないんだ。

「あったあった」

ナハトさんは、白い節くれ立った短い枯《か》れ枝のような物を一本拾い上げた。

私が欲しかった、銀枝擬《ぎんえだもど》きの蛹《さなぎ》だろう。

「これじゃあ、ちぃと品質が悪いかの。他のも探してみるか。ほれ、手伝わんかい」

「あ、はい」

私も捜索《そうさく》に加わった。

見つかったのと同じ山を探し始めたら、ナハトさんは全然違う山を漁《あさ》り始めた。

「ここにあったんなら、この近くにあるんじゃないですか？」

「同じ場所から出てくる確率は低いじゃろうが」

さも当然というように、ナハトさんが言った。

「えぇー……」

単純に確率でいったらそうなのかもしれないけど、なんだか納得《なっとく》がいかない。

普通は同じ所に置くよね？

「あったぞい」

「えっ」

ナハトさんは別の山から探し当てた。

その後も、私は一本も探し出す事はできず、結局ナハトさんがあと四本発見した。

「役に立たんのう」

「すみません」

やっぱり釈然《しゃくぜん》としない。

なんでそんなバラバラな場所に、しかも壊れた魔導具に交ざって置いてあるの？

ナハトさんは、自分はどこに何があるか把握《はあく》しているから問題ない、とか言うタイプの片付けられない人だ。

工房の整頓《せいとん》された薬棚《だな》を思い出して、ミカエルさんが整理整頓できる人で良かったと思った。

「質でいえばこれじゃな」

ナハトさんは一本を私に差し出した。

ありがたくそれを受け取ると、なんとナハトさんは残った五本を後ろへと放り投げてしまった。

五本は別々の山の上に落ちた。

マジか……！

それで部屋がこんな事になってるんだね。

前言撤回。どこに何があるかも把握していないタイプの片付けられない人だった。

相場よりも少し多めに素材の代金を払って、私はナハトさんの家をあとにした。

地図を見ながら馬車の停留所に向かって、馬車を待つ。

停留所の前にはやっぱり雑貨屋さんがある。

切符を売るために雑貨屋さんを作ったんじゃなくて、雑貨屋さんの前を停留所にしているんだろう。

馬車でお金を払わないようにするのは、小銭を用意するのが大変だからかな。バスみたいに両替機《りょうがえき》なんてないもんね。

お金をたくさん運んでいると危ないからだったら嫌《いや》だな。強盗、いそうだもんね……。

やって来た馬車に乗ると、馬車は行きに通った道とは違う経路を通っていった。環状線《かんじょうせん》なのだから当然っちゃ当然だ。

一応、御者さんには降りる場所が来たら教えてもらうようにお願いしたけど、見慣れた街並みにギルドの近くまで戻ってきた事を知る。

もうすぐ降りる停留所だという時。

馬車の目の前に、飛び出してきた人影《ひとかげ》があった。

「うわぁっ！」

御者のおじさんが強く手綱を引き、馬が悲鳴を上げながら前脚を浮かせた。

荷台に乗っている私たちは急ブレーキで滅茶苦茶《めちゃくちゃ》になった。

私は隣のおばさんに乗り上げそうになるし、そのおばさんは隣に座っていたお兄さんにのし掛かっていた。

「危ねぇだろう！」

なんとかその人を轢《ひ》かずに済んだ御者のおじさんが、大声で怒鳴《どな》る。

「すまん、急いでるんだ！」

言ったその人には見覚えがあった。

ヴァンさんのパーティのゼノさんだ！

急いで走り去っていくその人の後ろを、ぽたぽたと血のような物が落ちていく。

違う。血のようなものじゃない。血だ。

それは背中に負ぶわれている人から流れ落ちているようで。

その怪我《けが》をした青い鎧《よろい》の人は――。

「ヴァンさん⁉」

私は思わず悲鳴を上げて馬車を飛び降りた。

「おいあんた！」

御者のおじさんに呼び止められるけど、運賃は前払《まえばら》いだ。構うものか。

ゼノさんの後ろを、パーティのメンバーが走っていく。

私はその後を追いかけた。

向かっているのは治療院《ちりょういん》だ。

お金と引き換《か》えに回復魔法を使ってくれる場所。

普段使《ふだんづか》いするには高すぎて無理だけど、上位ランクのポーションよりは安く、冒険者の人たちの御用達《ごようたし》らしい。

これだけ急いでいるという事は、そうとう重症《じゅうしょう》なんだろう。

私の足では引き離されていく一方で、治療院に着いた時には、ヴァンさんの治療が始まるところだった。

一刻を争う状況《じょうきょう》なのか、ヴァンさんは入り口すぐの床で寝《ね》かされている。

ヴァンさんの鎧の脇腹《わきばら》はごそっと抉《えぐ》られていて、そこから石造りの床に真っ赤な血が広がっていった。

ゾッ。

とても助かるとは思えない。

だって、あれって、内臓まで……。

あっちの世界の最先端《さいせんたん》の医療だって、こんなの無理だよ。

ぶるりと体が一度大きく震《ふる》えた後、ガタガタと細かい震えが襲《おそ》ってきた。

「ヴァン、死ぬな！　ヴァン！」

パーティの人たちがヴァンさんの名前を呼び続ける横で、白い服を着た治癒師《ちゆし》が、杖《つえ》を掲《かか》げて回復魔法を唱える。

「死なないで！　頑張《がんば》って！」

「ヴァン！」

ようやく治癒師の呪文《じゅもん》が完成し、ヴァンさんの体が強い光に包まれた。

その光が消えた後――信じられない事に、ヴァンさんがゆっくりと目を開ける。

「ヴァンっ！」

パーティの人が、ヴァンさんに抱《だ》きついた。

当のヴァンさんは、笑《え》みさえ浮かべていて。

だけど、本人がピンピンしている状態なのに、私はまだ震えていた。

ぎゅっと固く握り合わせた両手が白くなっている。

ヴァンさんが、死んじゃうかと思った……。

仲間の助けを借りる事もなく、ヴァンさんは立ち上がった。

目尻《めじり》を拭《ぬぐ》うメンバーの人の肩《かた》を叩き、治癒師にお礼を言っている。

その目が、ふと私の方に向けられた。

「おう、修理屋の」

ヴァンさんは手を上げてこっちに向かってきた。

たった今瀕死《ひんし》だったなんて、嘘《うそ》みたいに普通に。

「こんな所で奇遇《きぐう》だな」

血まみれだったはずの脇腹は健康的な肌《はだ》の色をしていて、傷一つない。

だけど、抉られたままの鎧と、中の服がぐっしょりと血で濡《ぬ》れている様子が、傷が決して浅くはなかった事を示していた。

「大丈夫《だいじょうぶ》、なんですか？」

「危なかったみたいだけどな」

今にも死んじゃいそうだったのに、あの傷がきれいに治って、入院もせずにこんなに元気にしているなんて。

手足を生やしちゃうような回復魔導具や魔法がある事も頭ではわかっていたし、ゲームじゃ当たり前の光景なんだけど、目《ま》の当たりにするととんでもない現象だった。

だから人間がモンスターとも戦っていけるし、危ない魔導具があっても世界が成り立っていくんだ……。

「いやー、助かったよ。セツが修理してくれた剣《けん》のお陰《かげ》で九死に一生を得た。あれがなかったらマジで死んでたわ」

ヴァンさんが、にかっと笑った。

途端《とたん》、胸に込み上げてくるものがあった。

なんだか泣きそうになる。

私が修理した剣が、ヴァンさんを救ったんだ。

不発弾の選別をしていた時も、助かったっていう声は聞いていたけど、その時よりもずっとずっと実感した。

「役に立てたなら、良かったです」

「立った立った。マジ助かった」

わはは、と笑うヴァンさんの後ろから、ゼノさんがスパンと頭を叩いた。

「笑ってる場合かよ。あの場で火炎弾《かえんだん》なんかに頼《たよ》らずに、剣の能力使ってりゃこんな事にならなかったんだぞ」

ひゅっ、と私の喉《のど》が鳴った。

「まさかアレが不発になるなんて思わなくてさ」

「投擲弾を信じすぎだ」

「不発率下がってたから、いけるかなと」

不発弾……？

どくんどくんと、心臓が、さっきとは違う鳴り方をする。

「不発弾のせいで、怪我、したんですか」

私の声は震えていた。

「恥《は》ずかしながら」

ヴァンさんが後頭部に手を当てながら照れ笑いをした。

「ごめんなさい！」

私は思わず頭を下げていた。

私のせいだ。私が全部の不発弾を選別できていないから。

私のせいで、ヴァンさんは死ぬところだった。

今度こそ本当に泣きそうになって、ぎゅっとワンピースの裾《すそ》を握り締《し》める。

「え？　何がだ？」

「ごめんなさいっ！」

不思議そうな顔をしているヴァンさんの前で、私はとにかく謝《あやま》る事しかできなかった。

どこをどう通ってきたのか――といっても一本道だから普通に歩いてきたんだろうけど、気がついたら私は冒険者ギルドにいた。

閉店中になっている札を戻す事なく、工房に上がる。

「遅《おそ》かったな。無事に手に入ったか？」

ああ、そうか、私、素材を取りに行ってきたんだっけ。

「はい」

私は、肩掛け鞄から銀枝擬きの蛹をテーブルに出した。

「修理しますね」

他の素材や魔石はもう全部準備してあって、あとは銀枝擬きの蛹を加えて修理をするだけだった。

修理――。

念じて魔石をぶつけると、あっという間に修理は完了《かんりよう》した。

「おい、そんなに無造作にやるな」

ミカエルさんが飛んできた。

「どうした、顔色が悪いぞ。ナハト殿に何か言われたのか？　あの方は、口は悪いが根はいい方《かた》だ。受け流していい」

「いえ、ナハトさんは関係ないです」

ミカエルさんが、私の顔を覗き込んだ。

「何があった？」

「……」

「言いたくないのか」

「すみません」

「わかった。終業時間だな。今日はもう帰れ」

「はい……」

私は憂鬱《ゆううつ》な気持ちを抱《かか》えたまま、家に帰った。

薄暗い部屋の中で、ばたりとベッドに倒《たお》れ込む。

怪我をして横になっていたヴァンさんの姿が目に焼き付いて離れない。

私のせいだ。

私のせいで。

後悔に苛《さいな》まれて眠《ねむ》れないかと思ったけど、乗り合い馬車に乗って遠出をして疲《つか》れていたのか、まだ全然寝る時間じゃないのに、私はやがて眠りに引きずり込まれていった。


次の日、予定の時間よりも随分早くにお客さんが修理品を取りにきた。

武器を持って行くと、苦い顔をされる。

「それ、キャンセルしたいんだが」

「え、でも、もう修理しちゃって……」

「ちっ」

素材の質が悪ければ修理しないという約束のところを、ナハトさんの家に貰いにいって、店の持ち出しで用意してまで修理したのだ。今さらキャンセルだと言われても困る。

「余った素材はお返しします。質が、その……悪かったので、一部こちらで用意した物を使いました」

いつもはそんな事言わないけど、わざわざやったのに、という気持ちが先行して、口から滑《すべ》り出た。

「どうせろくな修理してないくせに」

「え？」

言われた言葉の意味がわからなくて聞き返す。

「中途半端《ちゅうとはんぱ》な修理しかしてないんだろ」

「中途半端って、どういう意味ですか……？」

「そのままの意味だ。この店ではちゃんと修理してないって専《もっぱ》らの噂だぜ」

お客さんは、わざと大声でそう言った。

周りの冒険者さんが、こっちに視線を向けてくる。

「ちゃんと修理はしてます。確認して下さい」

私は剣をお客さんに突き出した。

「表面の傷だけきれいに直して、それで修理できたと言っているんだろ。本当は損耗率《そんもうりつ》は残ってるのにな」

「そんな事ありません。ちゃんと損耗率はゼロになってます」

修理は成功するか失敗するかのどちらかだ。

傷だけ直すとか、中途半端に修理するとか、そういう事はやろうと思ってもできない。

それに、ちゃんと修理できているのは、ミカエルさんにも確認してもらっている。

「魔導具師の素質のない俺《おれ》らにはわからない。なぁ？」

その人は、誰とはなしに、周りの冒険者さんたちに問いかけた。

誰も返事はしないけど、ひそひそと何かをささやいているのが聞こえた。

「それをやれば重罪です」

「どうせ水竜の盾を修理したってのも嘘なんだろ。師匠にそういう事にしてもらったってだけで」

そう思われているのは知っていたけど、面と向かって言われた事はなかった。

「違います。私が修理しました」

いつもなら笑って受け流す事もできたのに、昨日のことで参っていた上に、この人の態度が気に入らなくて、私は言い返した。

「駆け出しの魔導具師がそんな事できるもんか」

「でも、三枚とも本当に私が……！」

「水竜の盾を三枚だってよ」

周りの人を見ながらゲラゲラと笑う。

そして、カウンターに身を乗り出した。

「嘘をつくならもっと上手《うま》くやりな」

「嘘じゃないです」

お客さんはもう一度ゲラゲラと笑うと、私の手から剣を引ったくり、修理の出来を確認もせずに、肩をいからせてギルドを出て行った。

何、今の⁉

ムカついて工房に戻ろうとすると、別のお客さんがやってきた。

露出《ろしゅつ》の多い服を着た女の人だ。

なんだか冒険者っぽくない。

その人は、カウンターに腕をのせ、寄りかかるようにしてにやにやと笑った。

「いらっしゃいませ」

さっきのムカつきが残っていて、ぶっきらぼうな口調になってしまった。

「なあなあ、あんた、不発弾の選別やってるってホント？」

「っ!?」

いきなり大声で投げ込まれた質問に、言葉が詰《つ》まった。

さっきの騒《さわ》ぎで注目を集めていたせいもあって、周りにいた冒険者さんたちからどよめきが起こる。

「否定しないって事は、ホントなんだ？」

「……」

「ちょっと前に、このギルドから卸《おろ》した投擲弾には不発弾がないって噂になったよねぇ？」

「何が言いたいんですか」

「いやぁ、何、あんたが不発弾の選別をやってんなら、なんでまた不発弾が出てきたのかと思ってね」

「全部選別するのは無理、だからです」

「あ、認めたね？　やっぱあんたがやってんだぁ。へぇ。ふぅん」

「依頼は何ですか」

「ああ、いや、あたしは依頼しにきたんじゃない。噂が本当か確かめにきただけ。何か昨日も不発弾の事故があったみたいだからさ」

ザワッと私の髪《かみ》の毛が逆立った。

昨日のヴァンさんの姿を思い出してしまう。

「あはっ。あんたがちゃんと選別してたら起きなかったかもしれないのにね？　ああそう、ギルドが儲《もう》けを減らしたくないからやらなくなったんだっけ？」

「違います！」

「まあいいさ。あたしは冒険者じゃないからね。不発弾なんてどうでも」

どうでもいいなら、なんで来たの。

「やぁでもまさか、不発弾の選別をしてるとはねぇ。さすが魔導具師サマ」

「依頼がないなら、帰ってもらえませんか」

「おおこわ。人間図星を突かれると怒《おこ》るもんだよねぇ。退散退散っと」

女の人は体を大げさに縮こませると、ギルドを出て行った。

一体何なの。

二回続けて変なお客さんだった。

いや、二人目は、依頼もしていかなかったんだから、お客ですらない。

工房に戻ろうとした私は、びくりと体を強《こわ》ばらせた。

周りの人たちが、まだ私をじっと見ていたからだ。

嫌な視線だ。

こっちを見ながらこそこそと隣の人と話している様子も見える。

「何々、何かあったの？」

ちょうどギルドに入って来た人が、手近にいた人に声を掛けた。

聞かれた人が、その人に耳打ちする。

「え、詐欺《さぎ》ってマジ？　ここで？」

「詐欺なんてしてないです！」

私は思わず叫《さけ》んでいた。

その時、階段の上からヨルダさんの声がした。

「何の騒ぎですか」

その隣にはリーシェさんがいる。

様子がおかしいのを見て、ヨルダさんを呼んできてくれたんだろう。

周りの人たちは、ヨルダさんを見ると、さっと視線を逸《そ》らし、何事もなかったかのように動き始めた。

「セツさん、大丈夫？」

「あ、はい、大丈夫です」

気まずくなった私は、逃《に》げるようにして階段を駆け上がった。

工房に入ってから、急に脚が震え出した。

入り口のすぐ横の壁を背にずるずると下がり、うずくまる。

どうしよう。

膝《ひざ》を抱えて縮こまる。

騒ぎを起こして、ギルドに迷惑《めいわく》をかけてしまった。

どうしよう。店をやめろって言われるかもしれない。

それに、周りの人たちのあの目……。

私の事を疑っていた。

私、ちゃんと修理してた。それだけは自信がある。損耗率はちゃんとゼロになってた。ミカエルさんにだって見てもらってた。

だけど……不発弾の選別は、できてない。

性質変化で当たりにする能力があったって、何の役にも立ってない。

ヴァンさんだって、不発弾のせいで……。

じわっと目に涙《なみだ》が溜まってきた。

そこに、ミカエルさんがやってくる。

「セツ？　いないのか？　――おっとっ！」

工房に入ったミカエルさんは、すぐ横にいた私に気づいて跳《と》び上がった。

「そんな所で何をしている。おどかすな」

「ミカエルさん……」

口を開くと、ぽろっと涙がこぼれた。

「話は下で聞いた」

ミカエルさんが私にハンカチをくれた。

「泣くな。泣かれるとどうしていいかわからなくなる」

「だって……」

「あんなもの根拠《こんきょ》のない言いがかりだ。まともに受ける必要はない。追い払って正解だ」

「私、ちゃんと修理してました」

「わかっている。セツが修理した魔導具はわたしも見ているからな。少なくとも装備品は全て確認している。魔導具師でもない人間にはどうせわからない。気にするな」

「私に信用がないからあんな事言われるんですよね」

「店を開いたばかりなのだから仕方がないだろう。魔導具師が損耗率に関して虚偽《きょぎ》を告げれば罪になる。魔導具師でない者は魔導具師の言葉を信じるのが道理だ。信じない方がおかしい」

「でも、実績のない私を信じろなんて、無理な話です」

だってついこの前までただの女子高生だったんだよ？

何も知らない子どもだった。

店を開いた時にヴァンさんに言われたように、いくら私が保証するって言ったって、何の保証にもならない。

「セツ」

泣いている私の顔をミカエルさんは優《やさ》しく上げさせると、親指で涙を拭《ぬぐ》った。

「セツは魔導具師としてきちんと仕事をしている。水竜の盾も修理したではないか」

「それも信じてもらえていません」

「これから様々な実績を積んでいくだろう。それで周囲を黙《だま》らせればいい。セツは優秀《ゆうしゅう》だ。師として誇《ほこ》らしいと思っている」

ミカエルさんの言葉が、ゆっくりと心に染《し》みこんでいく。

本気でそう思ってくれているのが伝わってきた。

だけど――。

私はまた顔を伏《ふ》せた。

「不発弾の方は、あの人の言う通りです」

「それも言いがかりだろう。セツは何も悪い事はしていない。全ての不発弾の選別は不可能なのだから」

今度は頭をなでてくれる。

「だけど、私のせいでヴァンさんが……」

「ああ、誰かが不発弾のせいで怪我をしたらしいな。それも仕方がない。元来不発弾は存在するものだ。確率が下がっただけ良しとするんだ」

「でも……」

ミカエルさんの言う事はその通りだと思うし、それは以前リーシェさんが言ってくれたものと同じだ。だけど、私はどうしても自分のせいだという気持ちが拭《ぬぐ》えない。

「気になるのは、セツが選別をしている事がどこから漏《も》れたかだ」

「私の事は報告してあるんじゃないんですか？」

顔を傾《かたむ》けて、ミカエルさんを見る。

不発弾の選別ができる事も、性質変化ができるようになった事も、ミカエルさんを通じて報告が上がっているはずだ。

ナハトさんも、私が不発弾の選別ができる事は知っていた。

「それはそうなのだが、職員の話では、それを言いに来た女は平民だったというではないか。平民がわざわざ魔導具師の情報を手に入れるとは思えない」

それは、そうかもしれない。

普通の人は、魔導具師が何ができるかなんて考えないよね。大学の教授がどんな研究をしてるかみたいなもんでしょ？

ニュースに専門家として出てきて初めて知って、その後すぐに忘れちゃうぐらいの存在のはずだ。

それをなんであの人が？

「何か作為《さくい》的なものを感じるな」

「私、誰かに恨《うら》まれているって事ですか……？」

わざとやったのだとしたら、そういう事なのではないだろうか。

思い浮かんだのはヴァンさんだ。

私のせいで死にそうになったんだから、恨まれて当然だった。

「いいや、誰かの差し金だとしたら、わたしが原因だろうな」

「ミカエルさんが？」

「ハインリッヒ家には政敵も多い。大方、わたしに弟子ができたから、セツを通して陥《おとしい》れようとしている家があるのだろう。弟子の不手際《ふてぎわ》は師の責任だからな」

ミカエルさんは、辟易《へきえき》としたような顔をした。

「私のせいでミカエルさんに迷惑をかけてるって事ですか?」

「何を言う」

ミカエルさんが呆れたような声を出す。

「この場合、わたしがセツに迷惑をかけている事になる。我が家門の政争に巻き込んでいるのだから」

そういう事、になるのかな?

「だから気にするな。セツに落ち度はない」

「はい……」

ミカエルさんが優しく頭をなでてくれた。

きっとミカエルさんは私を慰《なぐさ》めるためにそう言ってくれてるんだ。

「今日はもう帰るといい。これでは落ち着いて仕事もできないだろう。ギルドの方の仕事は終わっているな?」

「終わってます。でも、お店を閉めちゃったら……」

噂が本当みたいに見えちゃわない?

昨日だって途中《とちゅう》で閉めちゃったのに。

平然としている方がいいんじゃないかな。

「今日の事は気にするなと言っている。話の出処《でどころ》については調査をしてみる。大丈夫だ。悪いようにはならない」

ミカエルさんはまた優しく言ってくれた。

早々に店を閉じて家に帰り、ぼすん、とベッドに倒れ込んだ。

寝返《ねがえ》りを打って仰向《あおむ》けになり、ぼうっと天井《てんじょう》を見る。

向こうの世界の真っ白な天井とは似ても似つかない、板張りの天井だ。

上手くいっていたと思ったのに、なんでこんな事になっちゃったんだろ……。

あんな事を言われたら、きっとお客さんは来なくなっちゃう。

せっかく装備品の修理も始めて上手くいってたのに。

じわりと涙が浮かんできた。

修理屋なんて始めずに、不発弾の選別をしてた方が良かったのかな。

どのみち全部は無理だけど、それでも今よりはたくさんできてた。

私は自分の選んだ道を後悔《こうかい》し始めていた。

なんで修理屋になろうと思ったんだっけ。

誰かの役に立ちたいと思って、自分にできる事があるならやりたいと思って、それで何となく修理屋を選んじゃった気がする。

もっと他の道もあったんじゃないかな。

そうすればヴァンさんだって……。

一日たったのに、ヴァンさんのあの時の様子は、むしろ昨日よりもはっきりと思い出せた。

自分の手の冷たさまで鮮明《せんめい》に。

きっと私が知らないだけで、不発弾のせいで死んじゃった人もいるんだろう。

たまたまあの場に居合わせて、たまたまそれが私の知ってる人だったから目に留まっただけで。

何て謝ればいいんだろう。

死んじゃった人に謝る事なんてできない。

そもそも、なんで私はこっちの世界に来ちゃったのかな。

帰りたい。

お家に帰りたいよ……。

私の頭の中はもうぐちゃぐちゃだった。

日が落ちて部屋の中が薄暗くなっていくにつれて、私の心もどんどん沈《しず》んでいく。

とその時、コンコン、とノックの音がした。

ぐったりとベッドに寝たまま動けないでいると、再びコンコンと音がする。

「おい、いるなら出てこい」

ルカだ……。

その声にほっとして、私はのろのろと起き上がった。

ゆっくりとドアを開けると、ルカが立っていた。

「いるなら早く開けろよな。――何かあったか？」

「ううん、何もないよ」

目が赤くなっているのはわかっていたけど、私は無理やり笑った。

「……飯作るけど、食うか？」

私が上手く笑えたのか、それともルカが気遣《きづか》ってくれたのか。

「うん……食べる」

「じゃ、できたら来るから」

「待ってる」


しばらくしてルカが持って来てくれたのはポトフだった。

コンソメっぽい薄いスープの中に、ソーセージやじゃがいも、キャベツ、タマネギみたいな野菜が入っている。

「美味《おい》しい……」

優しい味のスープに、ソーセージの味が溶《と》け込んでいて、とても美味しい。

だいぶ煮《に》たのか、ソーセージはくたくたになっていた。

かじると皮が弾《はじ》けるぷりっとした食感はないけど、お肉の味がしっかりしていて美味しい。

「ソーセージは市販《しはん》のやつだけど、大丈夫か？」

「そうなんだ。美味しいよ……？」

「極端《きょくたん》に塩辛《しおから》いんだが、出汁《だし》代わりにするとそれが抜ける」

「これなら私も作れそう……」

コンソメ味を再現するのは無理でも、出汁にするならひたすら煮るだけだよね。

まずは鍋《なべ》を買わなきゃだけど。

「あー、まあ、肉を焼くだけよりはマシかもな。味の調整が難しいけど」

ルカはあごに手を当てて言った。

「このドレッシングも美味しいね……」

サラダにかかっている、酢《す》と油を混ぜたようなイタリアンな感じのドレッシングは、ぴりっとした緑色のつぶつぶが入っていて、それがアクセントになっていた。

野菜のえぐみも気にならない気がする。

「あとで分けてやるよ」

「本当⁉」

私は前のめりになった。

「瓶《びん》に入れて持ってくる。そんなに意味ないかもしれないけど」

「ありがとう！」

思わず笑顔になった。

これなら自分でもサラダが食べられそう。

サラダならちぎって切ってドレッシングをかけるだけだもんね。それなら私にだってできる。

ソーセージのスープと合わせれば、今日と同じメニューが再現できるだろう。

味は敵《かな》わないに決まってるけど、食生活が随分改善されると思う。

「やっとマシな顔になったな」

「え？」

「俺の飯をまずそうに食いやがって」

「ごめん、そんなつもりじゃなかったの！　ルカのご飯は美味しいよ！」

私は慌てて否定した。

ルカが不機嫌そうにしていたので、私は話を変える事にした。

「あ、そういえばね、昨日、乗り合い馬車に乗ったよ」

美味しいご飯で少し心が軽くなった私は、初体験の話をする事にした。

「自慢《じまん》するような事じゃない」

ルカはつれない相づちを返してくる。

「切符を買うなんて知らなくて、そのまま乗ろうとしたら乗車拒否《きよひ》されちゃった」

「そりゃそうだろうな。常識だろ。そんなんでよくその歳《とし》まで生きてこられたな」

「私のいた所じゃ常識じゃなかったの！」

「移動する時どうしてたんだよ」

「どうしてって……」

バスも電車もピッってやれば勝手に精算されたし、タクシーだって後払いだ。

前払いなんて、新幹線や飛行機くらい？　船、はどうなんだろう？　前払いっぽいな。

電車もカードがなければ券売機で買うんだもんね。

「前払い、結構あったかも」

「はあ？　何だそりゃ」

「で、でもね、バス停——馬車の乗り場に看板がないとかね、前にある雑貨屋さんで切符買うとかね、そういうのはなかったんだよ」

「ふーん」

ルカが呆れたように言った。

私の事を世間知らずだと思ってる。実際そうなんだけど。

悔《くや》しいけど本当の事だから何も言えなくて、私は話を続ける事にした。

「それでね、魔導具師の人の所に修理の素材を貰いにいったんだけど、その人の家、すっごく汚《きたな》くて、壊れた魔導具が山を作ってて――」

「メルルだもんな」

「え？」

メルルはナハトさんの名字だ。

「なんで知ってるの？」

「……そりゃあ、壊れた魔導具がたくさんあると言えばメルルだろ。破壊《はかい》の魔導具師なんだから」

「破壊の魔導具師？　え、魔導具を破壊するって事？」

「知らないで行ったのかよ」

「うん、知らなかった。素材だけ貰って帰って来た」

魔導具って、使ってれば壊れるもんじゃないの？　破壊するってどういう事？　トンカチで殴《なぐ》りつけるとか？　それとも、何度も使いまくるとか？

「詳《くわ》しくはミカエルに聞けよ」

「あ、うん、そうする。ルカは何でも知ってるね」

「そうでもない」

ルカが不機嫌そうに目線を落とした。

「えーっと、それでね、壊れた魔導具の中から素材を発掘《はっくつ》して、それで、帰りに――」

私は言葉に詰まってしまった。自然と顔がうつむいていく。

「どうした？」

なんで昨日の話なんてしちゃったんだろう。

「ううん、何でもない」

「そうか」

「それだけ？」

私は顔を上げた。

「他に何があるんだ」

何って……。

「こういう時って、もうちょっと聞き出そうとするもんじゃない？」

「面倒《めんどう》くさ」

「ぐっ」

確かに、私いま、すんごい面倒くさい事言ってる。

「話したいなら話せばいいだろ」

ルカの言う通りだった。私は本当はルカに話を聞いてもらいたいんだ。

お前のせいだって責められるかもしれない。けど――。

覚悟《かくご》を決める。

「あのね、昨日、常連の冒険者さんが不発弾で大怪我をして、し、死にそうになったの」

ちらっとルカを見ると、私が世間話をしている時と変わらない様子だった。

「で？」

「それは私が、全部の不発弾の選別できてないからで……あっ」

しまった。選別の話はルカには言ってないんだった。

「噂は本当だったんだな。俺は聞いてないけど」

「ごめん……」

何でも話せって言われてたのに。

「で？」

「その人が怪我をしたのは私のせいだって思って……」

「あっそ」

「それだけ⁉」

覚悟を決めて言ったのに、またもさっくりと流された。

「他に何があるんだよ」

ルカは全然興味がなさそうだった。

「こういう時って、そんな事ないよ、とか慰めの言葉を掛けてくれるもんじゃない？」

「面倒くさ」

さっきと同じやり取りをする。

「面倒くさいかもしれないけど、こう、人と人のコミュニケーションっていうか、思いやりっていうか、あるじゃん、そういうの」

ルカは眉を寄せて心底面倒くさそうに私を見た。

「そいつは結局死ななかったんだろ？　ならどうでもいいだろ」

そう言いながら、カラン、と食べ終わったポトフの皿にスプーンを投げ入れる。

「どうでも良くない。このままじゃ、他の人も同じ目に遭《あ》うかもしれないんだよ？」

「冒険者ってのはそういう覚悟ができてるヤツがなるんだ。お前が気にする事じゃない」

「そんな風に簡単に割り切れないよ」

「ならお前に何ができるって言うんだ？　どうせ何もできない」

鼻で笑うように言い切られて、カッと頭に血が上った。

バンッと両手をテーブルについて、勢いよく立ち上がる。

「できるもん！」

「何が？」

「不発弾を全部なくせばいいんでしょ」

「できるわけないだろ」

淡々《たんたん》と言うルカに腹が立って、私は自分の胸を叩いて宣言した。

「やる！」

「無理だ」

「無理でもやる。全部選別する」

私が渾身《こんしん》の宣言をするも、ルカはやっぱり興味がなさそうだった。

それどころか、うっすらと笑ってすらいる。

「なんで笑うの⁉」

「単純だと思って」

「どうせ単純ですよ！」

クッションがあったら投げつけてやりたい気分だ。

反骨心が生まれて、私の中ではやる気がむくむくと湧《わ》いてきていた。

絶対、絶対やってやるんだから！

私は椅子に座り直して、景気づけとばかりにルカのポトフをばくばく食べた。
＊＊＊＊＊

「わかった。ギルドはわたしが説得する」

私がしばらく不発弾対策に時間を使いたいと言うと、ミカエルさんはあっさりと許してくれた。

ルカには強気で言ったものの、ミカエルさんに許可が貰えないんじゃ、やろうにもできない。

「いいんですか？」

修理の練習が優先のはずだ。勉強だってできなくなる。

「魔導具について探求するのも魔導具師の仕事だ」

それもそうかもしれない。

「お店を閉めてもいいですか？」

「なぜだ」

「時間を取られたくないからです」

「何も閉めなくても――」


ミカエルさんはそれ以上言わなかったけど、私にはわかった。

どうせほとんどお客さんが来ないから、大した影響《えいきょう》はない、って言いたいんだろう。

全く以《もっ》てその通りだった。

ミカエルさんはあっという間にギルドに話をつけてくれた。

リーシェさんは私の負担になると渋《しぶ》っていたけど、ギルドが選別を発注してくれないのであれば、魔導具屋から調達する、とミカエルさんが言うと、折れてくれた。

ギルドとしても、不発弾がなくなるのは望ましい事なのだ。

こっちだってわざわざお金をかけて魔導具屋さんから買うのではなく、ギルドからの仕事としてやった方がいい。

不幸中の幸いと言っていいのか何なのか、あの騒ぎがあったせいで、お店を閉めなくても修理の依頼はぱたりと来なくなっていた。装備品はもちろんのこと、生活魔導具さえも来ない。

お陰で時間はたっぷりと取れた。

選別の数をこなせるようにするには、とにもかくにも速度を上げないといけない。

でも、長らく選別の効率化を進めていたのもあって、これ以上は速くできない、という壁にすぐにぶち当たった。

「私の感覚を他の人に教えられたらいいんですけど」

人が増えればそれだけ数がこなせる。

「それは無理だ。魔導具師だからこそできている事だろう。魔導具師の数を増やす事はできないし、いまだにわたしも見分けはつかない」

「ですよね……」

「アプローチの方向を変えた方がいいかもしれないな」

「というのは？」

「セツができるのは、不発弾の選別と、性質変化だ。性質変化の方を速くすればいい」

「でも、性質変化をするには、まずは不発弾《ハズレ》を探さないといけないですよ」

ハズレを当たりにするのが性質変化だ。ハズレの選別が速くできなければ、意味がない。

「だからその選別をやめる」

選別をやめる？　ハズレがわからないのにどうやって当たりにするの？

「不発ではない投擲弾に性質変化をやろうとしたら、どうなる？」

「そりゃ失敗しますよ。何も起こらないです。どうにもなりようがないですから」

「何も起こらないなら、選別の必要はないな。ただひたすら性質変化をしようとし続ければいい」

「それはそうですけど、でもそれ、無駄《むだ》に性質変化の作業をするって事ですよね。速くなるとは思えないんですが」

ハズレは五個につき一個だ。四個には無駄な手間がかかる。

ただでさえ性質変化には時間がかかるのに。

「だが今は袋小路《ふくろこうじ》にはまっている。ならば、違う方向から攻《せ》めるのも有りだと思わないか。意外に進むかもしれない。やってみて、駄目ならまた考えればいい」

「うーん……」

私には、どうやっても無駄にしか思えない。

けど、せっかくのミカエルさんからのアドバイスだ。一度試《ため》してみるのもいいかもしれない。

「わかりました。やってみます」

私は、選別の速度を上げるのをやめて、性質変化を速くやる方にシフトした。

性質変化をするには、充填《じゅうてん》──じゃないんだけど──って念じて、不発弾と魔石をぶつける。

それを速くしないといけない。

念じなくてもいいようになるまでは早かった。

でも、そこから先が進まない。

一個ずつ不発弾と魔石をぶつけていく方式では、どうやったって限界がある。

そして、不発弾撲滅《ぼくめつ》を実用化するには、もう一つの壁があった。

投擲弾の値段に比べて、魔石が高すぎる問題だ。

「魔石の魔力って……余ったら抜けちゃうんですよね？」

魔力を充填する時、あまり魔力が減っていない状態で充填しようとすると、魔石の魔力が使われきれずに余ってしまう。そして、余った分は空気中に放出される。

「それを使う事はできないんでしょうか」

一個の魔石で複数個の不発弾を性質変化する事ができれば、コストが下がる。

「充填の場合は、魔力が抜けきる前に使えば、次の魔導具に充填する事も可能だ」

「性質変化も同じじかも知れません」

「やってみろ」

私はミカエルさんに頷《うなず》いて、左手に二個不発弾を持ち、右手の魔石で続けざまにこつんこつんとぶつけた。

すると――。

「どうだ？」

「……できました」

不発弾は二個とも当たりになった。

意外とあっさりできてしまって、拍子《ひょうし》抜《ぬ》けだ。

「では、こうやって……」

ミカエルさんがテーブルの上に不発弾を並べていく。

「これを順番に性質変化をしてみろ。魔石一つでいくつできるか検証する」

「わかりました」

私は並んだ不発弾に、こんこんと魔石をぶつけていった。

成功失敗はあるものの、複数の不発弾を性質変化する事ができた。

「すごい……」

「まだいけそうだな。もう一度」

「はい！」

何度も繰《く》り返すうちに、さらに多くの不発弾を性質変化する事ができた。失敗の頻度《ひんど》も下がる。

「これだけできれば、コスト面は解決だな」

「はい」

不発弾を捨ててしまうよりも、魔石を使った方が安上がりだ。

「そして、この方法は速い」

「だけど、選別しないといけないですし、並べる時間がかかりますよ」

「いや、選別の必要はないだろう」

ミカエルさんは今度は選別前の投擲弾を並べた。

「並んでいれば、セツは不発弾だけを見分けて性質変化する事ができる」

なるほど。

一瞬で見分けて、不発弾にだけぶつけていけばいいんだ。

それならかなり速く不発弾をなくす事ができる。

「そして、並べる作業は、セツでなくともできる。こうやって木箱に詰めておけば、一覧性も確保でき、セツも素早く性質変化ができる」

「それなら速くはなりますけど、箱に詰めるための人件費がかかりますよね」

「そうだな」

納税の計算をしているうちに、私の労働力がかかっていないのは、私が店主だからって事に気がついていた。

誰かを雇《やと》うなら、ギルドが払うのか私が払うのかは別として、費用はかかる。

「ギルドからの受注の条件に、事前に並べておく事を加えればいい」

「それはちょっと難しそうです」

人手が足りないからと、私が仕分けに駆り出されたくらいだ。職員さんは常に忙《いそが》しそうにしているし、そこまではしてもらえないだろう。

「ではこちらで人件費を賄《まかな》う事を考えなければならないな。その分を依頼料に上乗せする交渉《こうしょう》が必要だ」

アプローチの仕方を変えたからこそできた改良だった。選別の速度ばかりを気にしていたら、この方法は思いつかなかっただろう。

「でも、コスト面はなんとかなったとしても、やっぱり速さがネックですよね。ギルドに持ち込まれた不発弾を完全になくすには、まだ遅いと思います」

ミカエルさんは、不発弾を持って、魔石とカチカチとぶつけていた。

「やはりわたしでは何度やっても駄目か」

ミカエルさんは選別はできないから、性質変化が成功しているかしていないかは判断できないけど、魔石の魔力が抜けていないから、失敗している事はわかる。

私はその動きを見て、違和《いわ》感を覚えた。

「ミカエルさんって、修理する時、そんなにカチカチやってましたっけ？」

「いや、わたしは魔石をぶつけなくても修理できる」

「それって私にもできるようになりますか？」

「そこは個人の感覚の問題だから、訓練すればできるようになるかもしれないいな」

ぶつけなくてもできるなら、もっと速くなる。

「やってみます」

それから三日間、私は投擲弾の性質変化を繰り返した。

その間、修理の依頼があったのは、ヴァンさんの一件のみ。

生活魔導具と一緒に、剣も依頼された。

私の態度はとてもぎこちなかったと思う。

だって、私の修理が中途半端だっていう噂が流れているのは聞こえていたし、何より不発弾の選別をしている事も知っているはずなんだ。

もっとちゃんと選別できていれば、あんな怪我をしないで済んだのに。

ヴァンさんがカウンターの前にいる間、パーティの人たちは、腕を組んだまま私をにらみつけていた。

そんな事を思い出しながら選別をしていた時。

「あっ！」

不発弾と魔石をぶつけずに性質変化をするのに成功した。

「ミカエルさん、できました！」

「できたか！」

ミカエルさんが席から飛んできた。

「魔石から魔力が移るんじゃなくて、魔力を搾《しぼ》り出すつもりでやったらできました。もう一回やってみますね」

私はそれまで魔石を指で持っていたけど、牛の乳搾りをするように、手の中に握り込んで、ぎゅうぎゅう搾るようにしてみたのだ。

ぽたぽたと魔力が滴《したた》る様子を想像しながら、性質変化〜と念じる。

すると、ふいに不発弾の感じが変わり、当たりに変わった。

手の平を開いてみれば、魔石の魔力がなくなっている。

「できました！」

「まだ時間はかかるが、これを極《きわ》めれば相当速くなりそうだ」

「はい！」

唐揚《からあ》げにレモンの汁《しる》をかけているようなつもりで、ぎゅうぎゅうと握りながら、手を不発弾の上にだけ移動させていくと、複数個の不発弾の性質変化にも成功した。

それがものになるまでまたずっと練習をした。

地味な作業の繰り返しだったけど、少しずつ成長していくのが嬉《うれ》しかった。


そしてさらに三日後。

「かなり速くなったな。これなら持ち込まれる投擲弾全ての不発弾をなくす事も可能だろう」

「箱に詰める人手があれば、ですけどね」

私は箱に詰める作業の熟練度も増していて、かなり速く詰められるようになった。

けど、私がやっては意味がない。やっぱりその人件費がネックになりそうだった。

「詰めなくてもできるといいんですけど……」

そう思って、はっと気がつく。

「もしかして……！」

魔力が雫《しずく》として垂れているんなら、別にきれいに並んでなくてもいいんじゃないの？

私は雑多に選別前の投擲弾が入っている木箱をテーブルに置いた。

この上で搾ってやれば——。

ぎゅうぎゅうと魔石を握る。

魔石から魔力が滴って、その雫が投擲弾に満遍《まんべん》なく行き渡るように……。

「どうだ？」

ミカエルさんは途中から私の意図を汲《く》んだようで、結果だけを聞いてきた。

「表面上はできているように見えます」

上から見て見える範囲《はんい》は、全部当たりになっていた。

問題はその下だ。

表面にある投擲弾を退《ど》けて、下にある投擲弾を確認する。

「でき、てる……？」

底の方にあったハズレもいくつか当たりになっていた。

「できました！　できました！」

「この箱でもやってみろ」

「はい！」

ミカエルさんが投擲弾が山盛りに入った箱を持ってきた。

両手に魔石を持ってぎゅうぎゅうと搾る。本当に乳搾りをしているみたい。

何個か魔石を使ってから確認すると――。

「できました！」

「選別しなくても、並べなくても、性質変化できるという事か」

「はい！」

「はは……わたしの弟子はとんでもないな。本当にやり遂《と》げてしまうとは」

ミカエルさんが、椅子に座り込んで額に手を当てた。


さっそくリーシェさん経由でヨルダさんに連絡《れんらく》をしてもらって、四人で話し合いの場を設ける事になった。

「性質変化を強化すると聞いた時から、こうなるんじゃないかと期待はしていたけれど、本当にやり遂げてしまうなんてね」

ヨルダさんは、ミカエルさんと同じようなセリフを言った。

「不発弾がなくなるのは助かるわ。使用する魔石の分はギルドで負担します。でも、大丈夫なのかしら。また持ち込まれる投擲弾が増えるけれど」

「今の三倍に増えても大丈夫な事は確認できました」

本当はもっとできる。

だって箱の上で魔石を搾るだけだもん。

握力《あくりょく》を酷使《こくし》しすぎて腕が筋肉痛だけど、これも鍛《きた》えていけば大丈夫だろう。できれば頼りたくはないけど、回復ポーションだってあるし。

だけど、ミカエルさんと、一応そのくらいにしておこう、という話になった。

「わかりました。では、セツさんに正式に依頼します。今回も、ギルドとしては百パーセントの当たりは謳《うた》わないけれど、それを目指しましょう。依頼料は前と同じでいいかしら」

「いえ、そんなには――」

「それで頼む」

簡単だからもっと少なくていいと言おうとしたら、ミカエルさんが私の言葉を遮《さえぎ》った。

そうだ。技術には正当な対価を貰えと言われたんだった。

「同じでお願いします」

こうして、私はまた不発弾撲滅活動を再開したのだった。

閑話《かんわ》・三　暗殺者

真夜中を過ぎてしばらく、酔《よ》っ払《ぱら》った冒険者《ぼうけんしゃ》たちの騒《さわ》がしい声が外から聞こえなくなった頃《ころ》、俺《おれ》は自分の部屋をそっと出た。

まったく、あいつらときたら、やっとこさ王都に着いたからといって、この街の住人の事など気に掛《か》けずにはしゃぎまくりやがる。

いつ死ぬとも知れない命、楽しめる時に思い切り楽しむのだと言うが、俺にはその気持ちが理解できない。

周りがうるさい方が音に紛《まぎ》れて仕事がしやすい、と甘《あま》えた事を吐《ぬ》かす輩《やから》と違《ちが》って、俺は静寂《せいじゃく》を好む。

自分の心臓の音すら聞こえそうな状態で、物音一つ立てる事なく、全くターゲットに気づかせずにやり遂《と》げてこそのこの仕事だ。

今夜も、相手は自分に何が起こったのか理解する間もなく終わると思われた。

万が一ターゲットに感知されたとしても、向こうは驚《おどろ》きこそはすれ、警戒《けいかい》する事はないだろう。油断して近づいてきさえしそうだ。

俺はそれだけの信用を築いてきた。

何事にも備えは必要だ。失敗すればすなわち死。自分の腕《うで》におごってヘマをやらかすような愚《ぐ》は犯《おか》さない。

仕事を完遂《かんすい》した時の達成感を想像し、俺は舌なめずりをした。

ああ、たまらねぇな。

体が震《ふる》えそうな程《ほど》の興奮を抱《かか》えながら、ゆっくりと足を踏《ふ》み出す。

普通《ふつう》に歩けばギシギシと耳障《みみざわ》りな音を出す廊下《ろうか》だが、もちろんミシリとも鳴らさない。

壁際《かべぎわ》に沿って移動していく。

木枠《きわく》をはめただけの窓から、月明かりが差し込み、廊下に菱形《ひしがた》を作っていた。そこに自分の影《かげ》が入り込む。

本当は、こういった明るい夜は仕事向きではない。

これまた明かりに甘える半端者《はんぱもの》もいるにはいるが、夜目の利《き》く俺には、月の光など必要なかった。
二、三日もすれば適した夜もあるだろうに、しかし依頼人《いらいにん》がやれと言うからには従うしかない。俺には選択権《せんたくけん》などないのだから。
まあ、どのみち結果は変わらない。

報告を終えた昼には、自室で静かに祝杯《しゅくはい》を挙げているだろう。

休暇《きゅうか》がてら、しばらく王都から離《はな》れるのもいいかもしれない。

隠《かく》れ蓑《みの》で就《つ》いた仕事はもちろんバックレる。

ほくそ笑《え》みながら、俺は標的の部屋の前までやってきた。

懐《ふところ》から針金を二本取り出す。

こんなちゃちな鍵《かぎ》、これで十分だ。

針金を鍵穴に差し込み、静かに動かす。

カチリ、とわずかな音が、しんと静まり返った廊下に響《ひび》く。

くそ。

俺は目をつぶって顔をしかめた。

先日油を差したばかりだというのに。これだからガラクタは。

完全に音の余韻《よいん》が消えるのを待ってから、針金を引き抜く。

それをしまい、代わりにナイフを取り出した。

こんなに大きなナイフである必要はないが、この仕事を始めてからずっと使っている相棒だ。

ドアノブに手を伸《の》ばし、つかんだ。

ここが肝要《かんよう》だ。

最大限に集中して、ノブを動かそうとしたその時。

ちくりと首筋に小さな痛みが走った。

「手を離せ」

後ろから聞こえてくる低い声。

何、で——。

音どころか、気配すら何も感じなかった。

確実に、一瞬《いっしゅん》前まで、ここには自分しかいなかったはずだ。

なのに、真後ろには誰かがいて、俺の首に刃物《はもの》を突《つ》きつけていた。

その事実に動転しながらも、頭を猛《もう》スピードで回転させる。

声の位置やナイフの当たり具合からして、相手は自分よりも小柄《こがら》だ。声もまだ若い。

「離せ」

再び発せられた声に従い、俺はゆっくりとドアノブから手を離して、両手を顔の辺りまで上げた。

降参したわけではない。

相手は武器を奪《うば》おうとするだろう。その瞬間が攻撃《こうげき》の最大のチャンスだ。

そして相手は予想通りに、ナイフを持った俺の腕をつかみ、捻《ひね》り上げようとした。

俺はその力を利用して体を回転させ、相手の首をナイフで狙《ねら》った。

だが――。

ダンッ。

なぜか俺は床《ゆか》に転がされ、腹の上には相手が馬乗りになっていた。

何が起こったのかわからない。

「がっ」

首を何かで絞《し》められ、喉《のど》から声が漏《も》れた。

とっさに両手を首にやってみれば、細い糸のような物が巻き付いている。

爪《つめ》でかきむしるが、全くほどける様子はない。

「誰《だれ》に雇《やと》われている？」

相手が無表情で聞いてきた。

返事を聞くためか、糸が緩《ゆる》む。

「ちょ、ちょっと待ってくれよ。誰にって、俺はギルドの職員で、セツさんに緊急《きんきゅう》の連絡《れんらく》が――ぐえっ」

誤魔化《ごまか》そうとしたが、相手は容赦《ようしゃ》がなかった。

護衛は全てかいくぐってきたつもりだったが、まだいたのか。

「ぐっ、あ……」

首の皮に糸が食い込んだ。頭に血が上っていく。ちかちかと視界が明滅《めいめつ》する。

糸の両端《りようたん》は男の手に握《にぎ》られていた。

その革手袋《かわてぶくろ》の甲《こう》にある紋様《もんよう》を見て、俺は瞠目《どうもく》した。

「な、んだ、仲間じゃ、ねぇか……」

護衛ではなく同業者。しかもこいつが仲間の一人であることは依頼人から聞いていた。

仲間であれば目的も同じなわけだから、これ以上二人が争う意味はない。

「公爵《こうしやく》様からの、指示が変わった。監視《かんし》、じゃなくて、殺せとよ」

手柄《てがら》は譲《ゆず》るしかなかったが、誤解されたまま殺されるより遥《はる》かに良かった。

だが、首の糸は緩まない。

「先に、お前さんに、伝えなかったのは、悪かった。手柄を独り占《じ》めする気は、なかったんだ。本当だ」

ぎゅっと糸に力が入った。

「わ、悪かった！　欲を、かいた」

「他のやつらには伝えたのか」

「まだ、誰にも、言って、ない」

「なら、指示の変更《へんこう》を知っているのは、俺とお前だけか」

「そ、そうだ。手柄は譲る」

「そうか」

相手は納得《なっとく》したようで、糸が緩んだ。

助かった、と息をつく。

「もう一つ、とっておきの情報をやるよ。公爵の後ろには王女がいるらしいぜ。なんで魔導具師を殺そうとしてるのかまではつかめていないが、どうせ権力闘争《とうそう》かなんかだろうな」

俺は首元の糸に指を這《は》わせた。いい加減解放して欲《ほ》しい。

そう思った瞬間、再び首が絞まった。

「がっ」

頸動脈《けいどうみやく》が圧迫《あつぱく》され、脳への血液の供給が止まった。

死に物狂《ものぐる》いで抵抗《ていこう》したが、意識が急速に失われていく。

「お前っ……裏切っ――」

「生かしておくわけないだろ」

最期《さいご》に見たのは、相手の藍色《あいいろ》の髪《かみ》が、月光を反射してきらきらと光っている光景だった。

第四章　王宮に呼ばれました

今日も今日とて性質変化とお勉強だ。

「暇《ひま》だなぁ」

私はぽつりと呟《つぶや》いた。

「何が暇だ」

最高に悪いタイミングで工房《こうぼう》に来たミカエルさんに聞かれてしまい、ぱしりと書類で頭を叩《はた》かれた。

「今まで修理した魔導具《まどうぐ》の名前は覚えたのか」

「まだです……」

私は自分のメモと修理のレシピ本を交互《こうご》に見ながら、単語の暗記をしていた。

考え込《こ》めば読めるようにはなったけど、ぱっと見ただけだとまだ単語が出てこない。

そういえば、英語の先生がフラッシュカードがいいって言ってたっけ。今度やってみようかな。

どうして私がこんなに暇を持て余しているかというと、修理の依頼《いらい》が全然こないからだ。

あの騒《さわ》ぎ以降、私の評判は地に落ちるどころか埋《う》まってマイナスに落ち込み、いまだにまっっったく依頼がこない。

ありがたくも継続《けいぞく》して来てくれるのは、やっぱりヴァンさんだけ。

投擲弾《とうてきだん》の性質変化は続けてるけど、一箱丸ごとどころか、積《つ》んである箱の上から下まで一気に全部当たりにできるようになり、私の作業時間は大幅《おおはば》に削減《さくげん》された。

今や冒険者《ぼうけんしゃ》ギルドから卸《おろ》される投擲弾に不発弾《ふはつだん》は存在しない。

ハズレ率ゼロパーセントの噂《うわさ》は、これまたすぐに広まった。

そして冒険者たちは、それをやっているのが私だっていうのを知っている。

評判が悪くて修理に来ないから、投擲弾も避《さ》けるのかと思いきや、そこはちゃっかりしているのか、王都の投擲弾はよく売れた。

また不発率が増えるかもしれないと警戒《けいかい》していて、以前ほど盛り上がってはいないものの、それでも少しでも良い物をと求める冒険者が後を絶《た》たない。

わざわざ王都まで投擲弾を持って来てくれる人までは現れていないけど、王都に人が集まるようになって、少し前よりも持ち込まれる投擲弾は増えた。

それでも今回はハズレ率ゼロを維持《いじ》している。

というわけで、午前中いっぱいかかっていた不発弾の選別は、あっという間に終わる性質変化に取って代わり、日中のほとんどをこうして勉強に費やしていた。

こんなのもう受験生じゃん。

それも語学ばっかり。

何の規則性もないように見える――本当はあるけど――文字の羅列《られつ》を見て、私は溜《た》め息をついた。

投擲弾の仕分けでも手伝おうかなと思ったけど、代わりの人はもうとっくに雇《やと》われていて、私の出る幕はなかった。

たまーに掲示板《けいじばん》の貼《は》り替《か》えを手伝っているけど、そんなのすぐに終わってしまう。それに、今は冒険者たちの目が怖《こわ》いから実はあんまりやりたくない。

チリンチリンとベルが鳴った。

お客さんだ！

私はガタンと勢いよく立ち上がった。

たぶんヴァンさん。そろそろ来るはず。

店に行ってみれば、予想通りヴァンさんだった。隣《となり》にゼノさんがいる。

「よお。今回も頼《たの》むぜ」

ヴァンさんは生活魔導具と装備品を出してきた。

「今回はたくさんありますね」

装備品がたくさんあれば、持ち込まれる素材もたくさんある。

どんどんカウンターに出されていく。

ヴァンさんが持ってくる装備品はだいたいいつも同じだから、必要な素材ももうわかっている。

たどたどしい文字でメモを取る。

植物はピンとしているし、液体や鉱物は純度が高くてきれい。

まだちゃんとした目利《めき》きはできないけど、今回もヴァンさんが持ち込む素材は品質が良さそうだ。

「前回もこの炎の剣《フレイム・ソード》に助けられたよ」

ちっとゼノさんが舌打ちをした。

前から私の店を使う事にいい顔をしていなかったゼノさんだけど、あの騒ぎがあってから、さらに嫌《いや》がるようになった。

その気持ちはよくわかる。

でもヴァンさんは、パーティの生活魔導具と、自分の装備品は依頼してくれる。

「いつもありがとな」

ヴァンさんの笑顔に胸が少し温かくなる。

私の修理が役に立てていて、ヴァンさんを守る事ができているのが嬉しい。

だけど同時に、ツキンと胸に痛みを感じた。

今でこそ性質変化で不発弾をなくせているけど、私のせいでヴァンさんが怪我をしたのは紛れもない事実で、私が不発弾を減らしていたのを知っているヴァンさんは、その事をまだ恨んでいるに違いないのだ。

優しいから言わないでいてくれているだけだろう。いっそ責めてくれればいいのに。

「お代は――」

料金を告げようとしたその時、ギルドに騎士《きし》が駆《か》け込んできた。

三人、いや四人だ。

騎士さんたちはまっすぐ私の方に来ると、お店の中に入って来て、私の腕《うで》を強くつかんだ。

「え？　え？　何？」

「緊急《きんきゅう》の招集《しょうしゅう》です。ご同行を」

招集？　どういう事？

他の騎士さんが二人階段を駆け上がっていった。

そして、ミカエルさんを引っ張り出してきた。

「無礼な！　放《はな》せ！」

抵抗《ていこう》するミカエルさんの両脇《りょうわき》に立って腕をつかんで持ち上げ、階段を下りてくる。

「何事だ！」

「緊急の招集です」

「だから何事だと言っている！」

私とミカエルさんは、外に停《と》まっていた馬車に力づくで押《お》し込まれた。

向かい合わせに座《すわ》った私たちの両脇を、四人の騎士さんが固める。

「一体何があったのだ」

「それは我々には聞かされておりません。とにかく王宮へ来て下さい」

「王宮!?」

私は悲鳴を上げた。

「嫌です！　降ろして下さい！」

暴れたけど、騎士さんが私の抵抗なんて許してくれるはずもなく。

あっという間に馬車は王宮の敷地《しきち》内へと入っていった。

無理やり馬車から引きずり降ろされ、王宮内の一室に押し込まれる。

「こちらでお待ち下さい」

何の説明もなく、私とミカエルさんはその部屋に置いていかれた。

「一体何があったというのだ」

ミカエルさんは高そうなソファにどかりと座り込んだ。

長い脚《あし》をゆったりと組む。

「セツも座れ。顔色が悪いぞ」

言われて向かいの席に座りはしたけど、落ち着かない。

「ミカエルさん、どうしましょう。私、王宮に来ちゃいけないんです」

「来てしまったものは仕方がないだろう」

ミカエルさんはどこ吹く風といった様子だ。

だけど私は——。

「どうしよう……」

ダイヤ姫《ひめ》に、戻《もど》って来るなと言われたのに。

「諦《あきら》めろ」

「でも……」

私は胸の前で両手を握《にぎ》り締《し》めた。

どうしよう。どうしよう。

招集だって言ってた。

ついに田野倉《たのくら》くんと一緒《いっしょ》に行けって言われるのかも。

そんなの無理だよ。

シマリスの事を思い出して怖くなり、ついには体がカタカタと震《ふる》え始めた。

「おい、どうした」

ミカエルさんが驚《おどろ》いて私の隣に座り直した。

そっと肩《かた》を抱《だ》いてくれる。

「そんなに心配するな。大丈夫《だいじょうぶ》だ。招集だと言っていただろう。呼ばれただけだ」

「だけ、じゃないかもしれないです」

「何か心当たりがあるのか？」

私はミカエルさんの顔をじっと見つめた。

言っても、大丈夫なの、かな。

ミカエルさんがじっと見つめ返してくる。

しばらくそうやって目を合わせていると、ふぅ、とミカエルさんが息をついた。

「言いたくないなら言わなくていい。これまで同様、無理には聞かない」

寂《さび》しそうに言われて、私の決心が固まる。

「実は――ダイヤ姫様に、王宮には来るなと言われたんです」

ここまでなら、たぶん言っても平気だ。

本当は戻って来ないでねって言われたんだけど、それは隠《かく》した。

「ダイヤに？　会った事があるのか」

「はい。以前に、少し……」

「そうか。それで来たがらなかったわけだな」

歯切れの悪い私に、ミカエルさんはやっぱり深くは追及《ついきゅう》してこなかった。

「私、死刑《しけい》になったりしないでしょうか」

「それはない。いくらダイヤでも、罪のない人間を刑罰《けいばつ》に処す事はできない。それともセツは、死刑になるほどの大罪を犯《おか》したのか？」

「してません！」

真剣《しんけん》な顔をしたミカエルさんの言葉を、私は必死で否定した。

「だろうな」

ミカエルさんが笑った。

あ、これ、揶揄《からか》われたんだ。

「何にせよ、セツは呼ばれて仕方なく来たのだから罰せられる理由はない」

「そう、でしょうか」

「何にせよ、どのみちセツに手出しはさせない。王命が下るとしても、セツがどうにかなれば家の利益に関《かか》わるからな。父上も拒否《きょひ》なさるだろう」

「そんな事、できるんですか？」

王様の言う事は絶対じゃないの？

「少なくとも時間稼《かせ》ぎはできる。ハインリッヒ家にはそれだけの力がある。であれば、その間に対策も打てるだろう」

やっぱり公爵《こうしゃく》家ってすごいんだ。

ミカエルさんに師匠《ししょう》になってもらって良かった。

じゃなきゃ、こんな風に守ってはもらえなかっただろう。

安心して、少し緊張《きんちょう》が解けた。

その時、カンカン、と金属を打ち合わせるような音がした。

ドアノッカーだ。

そして、ドアが開く。

ミカエルさんが立ち上がり、同じく立ち上がった私を守るような位置に立った。

入って来たのは高級そうな服を着た男の人だった。

「ミカエル・ハインリッヒ殿《どの》、セツ殿、どうぞこちらにお越《こ》し下さい」

「その前に、用件を聞かせてもらおう」

「陛下が直々《じきじき》にお話しされるとの事です」

「陛下が？」

訝《いぶか》しんだけど、ミカエルさんはそれ以上は何も言わなかった。

さあ、というように、男の人がドアを大きく開けて腕を広げる。

ミカエルさんが溜め息をつくとこちらを向き、私の横に立って背中に優《やさ》しく手を当てた。

「仕方ない。行くぞ」

背中を押され、ドアへと向かう。

男の人に続いて廊下《ろうか》を進んでいくと、だいぶ歩いた後、並んだ部屋の一つに案内された。

そこは真ん中に大きなテーブルが置いてあり、その周りを椅子《いす》が囲んでいた。内装は重々しくて、たぶん会議室だろうと思った。

椅子のいくつかはすでに埋まっている。

見た事のある顔もあった。

ナハトさんに、生活魔導具の修理屋の人、面接をしてくれた人もいる。

きっと全員、魔導具師だ。

何人かが私たちの方に目線を向ける。

その中で一人、私——というか、ミカエルさんをにらみつけている人がいた。

貴族っぽい服を着ていて、ミカエルさんと同じくらいの歳《とし》に見えた。

私は思わずミカエルさんの袖《そで》をぎゅっとつかむ。

見上げると、ミカエルさんも鋭《するど》い目で男の人を見ていた。

その視線のまま、ミカエルさんが私の耳元にささやきを落とす。

「アウグスト。マズル家の長男だ。あいつには気をつけろ。セツを陥《おとしい》れようとした家の者だ」

マズルって、確かミカエルさんと同じ公爵家だったよね。

陥れようとした……って、私がちゃんと修理していないっていう言いがかりの事？

誰《だれ》の仕業《しわざ》か調べるって言ってたけど、それがマズル公爵家だったの？

ミカエルさんが私をかばうように肩に腕を回した。

そっと促《うなが》され、ミカエルさんと二つ並んだ椅子に座る。

一番奥《おく》の、たった今気をつけろと言われたアウグストさんの目の前だった。

ずっとミカエルさんをにらんでいるけど、ミカエルさんは涼《すず》しい顔で受け流している。

やがて他の人もやってきて、全部で十八人になった。

私を含《ふく》めて十九人いる魔導具師のうち、王都にいる魔導具師の数と一致《いっち》する。

全員無言のままの時間がしばらく続いた後、ドアが開いた。

王様の登場だ。

一緒に、ローブを着た、ナハトさんと負けず劣《おと》らず高齢《こうれい》のおじいさんも入ってくる。

私はこの人を知っている。

召喚《しょうかん》された時に王様と一緒にいた人だ。私と田野倉くんの魔法の素質を調べた人でもある。

確か田野倉くんは、この国の魔法使いの中で一番偉《えら》い人だと言っていた。

みんなが一斉《いっせい》に立ち上がった。

私もワンテンポ遅《おく》れて立ち上がる。

部屋の一番奥、ミカエルさんとアウグストさんの間のお誕生日席の後ろまで来ると、王様は椅子には座らずに口を開いた。

「よく来てくれた魔導具師諸君」

王様は顔ぶれを見渡《みわた》し、私に目を留めると、ほんのわずかに目を見開いた。

まるで私がいるとは思っていなかったみたいに。

「かけたまえ」

王様に言われて、ガタガタとみんなは席に座った。王様とおじいさんはそのまま立っていた。

「ここから先の話は内密にするように。一切《いっさい》の口外を禁じる」

ごくり、と誰かの喉《のど》が鳴った。

私の喉かもしれない。

だけど、どうやら私の話ではないようで、少しだけ気が楽になった。

「みなには、早急にゲートを修理してもらいたい」

「っ！」

誰かが息をのんだ。

ゲートって、ワープ装置の事だよね。

でもあれは、ずっと修理できなくて放置されてるんじゃなかったっけ。

「レシピが見つかったのですか⁉」

言ったのは生活魔導具の修理屋さんだった。

興奮したように顔を赤くしている。

そうだよ。レシピがなくて今まで修理できなかったはず。

「見つかってはいない」

ああ……と誰かの声が漏《も》れた。

「しかしそれでは修理のしようが――」

「どんな手を使ってでも、修理するのだ」

そんな事ができるわけがない、と誰かが呟いた。

私も同感だ。

これまでたくさんの魔導具師が研究してきたはずで、それでもずっと修理の方法がわかっていなかったのに、今言われてすぐにできるわけない。

ずっとっていうのは、本当にずっとだ。

それなのに、なんで急に修理しろだなんて言うの？

「一度だけ使えれば良い」

「あと一度だけなら使えるのではないですかの」

提案したのはナハトさんだ。

「無理だな」

横柄《おうへい》に答えたのはアウグストさんだった。

ナハトさんとは祖父と孫ほどに歳が離れているのに、敬語も使わずに話している。

家格の差があるからなんだろうか。

「あと一度でも使えばゲートは壊《こわ》れる。見ればわかる」

「そう言って何百年も使わないでいるじゃろう。今後も同じじゃろうて。それなら、駄目元《だめ》で使ってみればいいのじゃ」

「それはならぬ……。壊れれば王都のゲートは永久に失われてしまう」

王様は絞《しぼ》り出すように言った。

「なら仕方がないですの。できないものはできないのじゃから」

ナハトさんが首を振《ふ》った。

「なんとしてでも修理せよ」

「無理なものは無理ですじゃ」

ナハトさんは重ねてつれなく言った。

王様相手にこの態度……強い。

「修理が終わるまではみなを王宮に留め置く。早急に修理せよ。王命である」

えっ⁉

「そんな……！」

生活魔導具の修理屋さんが声を上げた。

他の人も、それぞれ抗議《こうぎ》をしたり、隣の人と話をしたりしている。

それらを王様はまるっと無視し、部屋を出て行った。

残ったローブのおじいさんは王様と一緒にドアの方へと移動したけど、開けたドアの所で留《とど》まった。

「ゲートまで案内する」

「わたしは何度も見ているがな」

言いながら立ち上がったのはアウグストさんだ。声から優越感《ゆうえつかん》が滲《にじ》み出ていた。

ゲートを見た事があるっていうのは特別な事なんだろうか。

それに続いて他の人も立ち上がり、部屋を出ていく。

私もミカエルさんと一緒に部屋を出た。

ローブのおじいさんに連れられて、赤い絨毯《じゅうたん》の敷《し》かれた廊下を歩く。

ミカエルさんと話がしたかったけど、みんな部屋を出た途端《とたん》ぴたりとお喋《しゃべ》りをやめたので、私も口を噤《つぐ》んでいた。

口外してはいけない、と言われているからだろう。

途中《とちゅう》で、見回りをしている騎士や、王宮で働いている人と何度もすれ違《ちが》った。その人たちに話を聞かれたら、命令違反《いはん》になってしまう。

黙々《もくもく》と歩いて連れていかれたのは、大きな石造りの扉《とびら》の前だった。

背丈《せたけ》の三倍はあって、魔導具とは違う、装飾《そうしょく》と思われる彫刻《ちょうこく》が施《ほどこ》されている。

実際に見た事はもちろんないけど、ダンジョンに扉があるとすれば、たぶんこんな感じだ。

どこもかしこも豪華《ごうか》に飾《かざ》られていて扉と言えば重厚《じゅうこう》な一枚板か布張りである王宮の中では、無骨な石の扉は異質だった。

その両脇には長い槍《やり》を持った騎士が二人ずつ立っていて、扉を守っていた。

ローブのおじいさんが頷《うなず》くと、騎士たちが四人がかりで扉を押してゆっくりと開けていく。

ゴゴゴゴ……と石がこすれる音がした。

扉の向こうは真っ暗だった。

ローブのおじいさんが、いつの間にか手にしていたランプの魔導具のスイッチをパチリと操作すると、ぼんやりと内部が照らされた。

内装はとてもシンプルだった。ただ長方形に切り出された石が、床《ゆか》や天井《てんじょう》、壁を形作っている。

壁際に木箱が数列並んで積んであって、そこだけ見ればどこかの倉庫のようだ。

そして部屋の真ん中に、それはあった。

ワープの魔導具――通称《つうしょう》ゲートだ。

この部屋の入り口のような両開きの扉を想像していた私は、想像と全然違う形に驚いた。

それは三重の円の形をしていた。

円の太さは鉄パイプくらいで、大きさはミカエルさんが屈《かが》まなくても余裕《よゆう》でくぐれるくらいだ。

隣同士《となりどうし》の円は枝で繋《つな》がっていて、三つの円には、視力検査のマークみたいな切れ込みが、それぞれ複数入っていた。

もちろん表面には魔導具特有の紋様《もんよう》がびっしりと入っている。

円の下の方は床にめり込んでいて、その四角い床の部分にも紋様が刻まれていた。円と床で一つの魔導具なんだ。

そして、全体が黒く曇《くも》っていた。

さっきアウグストさんが、見ればわかる、と言った意味がわかった。

この魔導具はもう限界だ。いつ壊れてもおかしくない。

むしろよくここまで損耗率《そんもうりつ》をためきったな、と思うくらい。

私はこんなに黒ずんでいる魔導具を見た事がなかった。

これを修理するなんて。

直感的に無理だと思った。

たくさんの素材が要《い》る。それもかなり高ランクの。

「レシピはほとんどわかっている。わかっていないのはあと三種類じゃ」

ローブのおじいさんが言った。

「どうして素材がわかってるんですか？」

私はこそっとミカエルさんに聞いた。

「文献《ぶんけん》が残っている。ただその一部が欠けていて判読できないのだ」

なるほど。

「わたしを含め、これまで何人もの魔導具師が幾万《いくまん》通りもの組み合わせを試《ため》してきた。それでもいまだ判明していない。魔導具師を揃《そろ》えたところで無意味だ」

アウグストさんが言った。

「知恵《ちえ》を絞って下され」

「だから、無意味だと言っている。知恵など出し切っているのだからな」

「資料は部屋に用意したので、各々方《おのおのがた》、頼みますぞ」

王様同様、ローブのおじいさんはアウグストさんの言葉をきれいに無視した。

無理だ、と他の人の声が上がるも、目を閉じて何も反応しない。

言っても無駄《むだ》だとわかったのか、魔導具師の人たちはそれぞれ行動を開始した。

深く溜め息をつく人、隣の人と議論を始める人、ゲートに触《さわ》る人。

ミカエルさんもゲートに近づいていったので、私もついていった。

「セツはこれを見てどう思う？」

「真っ黒ですね。壊れていないのが不思議なくらい」

そっと触ってみると、魔導具の表面はひんやりとしていた。あまりにも黒いものだから、煤《すす》がついてしまうんじゃないかと指先を見てしまう。

「最後に使った者はよほど運が良かったのだろうな」

ミカエルさんもゲートに触《ふ》れながら言った。

たぶん最後の人は、損耗率が見えない一般人《いっぱんじん》だったんだろう。

今もこんなに曇ってるんだから、最後に使う前だって、相当黒かったに違いない。損耗率が見える魔導具師だったら、一か八かどころか、きっとヤケクソでも使わない。

「ミカエルさんも初めて見るんですか？」

「いや、わたしは何度か来た事がある。修理の試みを見学した事もな」

ミカエルさんも私と同じように指先を確認《かくにん》してから、もう一度触る。

コンコン。

後ろから音がして視線を向ければ、ナハトさんが床の部分をノックするように叩いていた。

音の違いを確かめるように、場所を変えて叩いている。それで何かわかるんだろうか。

「いくら見ても意味はない」

離れた所から呆《あき》れた声を出したのはアウグストさんだ。

「それとも、レシピでも書いてあるのか」

「それもそうじゃの」

ナハトさんが立ち上がる。

ムカつく言い方だけど、アウグストさんの言う通りだ。ゲートを見ていても何もわからない。

「早く部屋に案内してはもらえないか。その書類とやらを見たい。どうせわたしの知っている以上の事は書かれていないのだろうがな」

アウグストさんに言われて、ローブのおじいさんは扉の方をちらりとみた。

「ちょうど部屋の準備ができたようじゃ」

真っ先にアウグストさんが扉へと歩き出し、それにみんなが続いた。

私はもう一度ゲートを触って指に煤がつかないのを確かめてから、ミカエルさんを追いかけた。

ローブのおじいさんとは扉の前で別れ、私たちは外にいたメイドさんに連れられて、部屋へと案内された。

そこで私は既視感《きし》を覚える。

ここ、知ってる。

廊下にずらりと並んだドア。そこには部屋の名前が書かれたプレートがついている。

突《つ》き当たりにはドアが一つ。それはトイレに違いなかった。

そう、召喚されてからしばらく滞在《たいざい》したあの場所だ。

それぞれ部屋を指定され、私とミカエルさんの部屋だと言われたのは、奇《く》しくも以前王宮に滞在していたのと同じ部屋だった。

ドアのプレートには鷹《たか》と書いてあるに違いない。

私が文字を読めないと判明した時の物だから、はっきりと覚えていた。

「貧相《ひんそう》な部屋だな」

ミカエルさんは部屋の中を見回してそう言った。

私はつられて周りを見た。

内装や家具は変わっていない。

勇者をもてなしていただけあって、高級ホテルのスイートルームみたいに豪華だ。黒牛《くろうし》の角亭《つのてい》や自分の部屋とは比べものにならない。

これが貧相に見えるなんて、一体どんな部屋に住んでるんだろう。

唖然《あぜん》としている間に、ミカエルさんはメイドさんが置いていった鍵《かぎ》を二つとも持って、続き部屋の片方に向かった。

ドアを開けて中を覗《のぞ》くと、溜め息をついてそのままドアを閉めた。よほどがっかりしたらしい。

テーブルに積んである紙の上に鍵を放《ほう》り投げ、どっかりとソファに座る。

私も向かいの席に座った。

ローブのおじいさんは、終わるまで帰れないって言ってたよね。

って事は、何日もミカエルさんとここで生活するって事？

寝室《しんしつ》は別だけど、これって一つ屋根の下ってやつなのでは？

急に緊張してきた。

ていうかなんで同室なの？

いくら師弟《してい》とはいえ、成人した男女なんだよ？

こういうのって普通《ふつう》？　王宮ってお堅《かた》いんじゃないの？

田野倉くんと一緒にいた時は何とも思わなかったのに、変に意識してしまう。

一人いたたまれない思いになってしまった私は、何か別の事を考えようと、テーブルの上の紙の山に目を止めた。

鍵を避けて、一番上の紙を一枚取る。

何々《なになに》……ふぅん……なるほど……へぇ。

文字を追っていると、気持ちが落ち着いてくる。

うんうん、と頷きながら目を滑《すべ》らせていると、ミカエルさんが不思議そうな顔でこちらを見ていた。

「読めるのか」

「読めるわけないじゃないですか」

がくっとミカエルさんが体勢を崩《くず》す。

私は最初の単語を見た。

急いで書いたのだろうそれは、ものすごーく達筆で、一つ一つの文字も判別できない程だった。

たとえ判別できたとしても、どうせ私の知らない単語だ。

はぁ、と溜め息をついて、私は紙を投げ出した。

「そもそも、なんでこんな事になったんでしたっけ」

いきなりギルドから連れてこられて、ゲートを修理しろって命じられて、修理できるまで王宮から出さないと言われて。

あれよあれよという間にここまで流されてきてしまった。

「どうして今突然《とつぜん》ゲートを修理しろだなんて言ってきたんでしょうか」

「勇者絡《がら》みだろうな」

「っ⁉」

私は息をのんだ。

ここで田野倉くんの事が出てくるとは思わなかったからだ。

「それくらいしか思い当たらない。今思えば、先日の水竜《すいりゆう》の盾《たて》もそうなのだろう」

ミカエルさんが肩を竦《すく》めた。

「勇者は自ら旅をしなければならないのはセツも知っていたな。いくら国から支援《しえん》があったとしても、各地を足で回るのは並大抵《なみたいてい》の事ではない。王都にも戻れず魔導具の修理もままならない状態で、苦労しているのではないか」

「まさか」

私ははっとした。

「たの——勇者様が危ない、とかじゃないですよね？」

ミカエルさんがしゃがんだまま顔を上げた。

「もしそうなら、期限を切ってくるだろう。早急にとは言われたが、いつまでにとは言われなかった」

「そうか。そうですよね」

私はほっと胸をなで下ろした。

「ワープの魔法とかってないんですか？」

「そんなもの、あるわけないだろう」

呆れたようにミカエルさんは言った。

ないんだ。

田野倉くんは旅をしてるんだって漠然《ばくぜん》と思っていたけど、具体的にどうしているのかって考えてみたら、ものすごく大変なのだろうという想像はつく。

「とはいえ、ゲートの修理など、できるはずもないがな」

ミカエルさんだけでなく、集まった魔導具師全員がそう思っている事は、私も肌《はだ》で感じていた。

これまで成功した記録のないゲートの修理。

それを突然やれと言われたって……。

アウグストさんが言っていたように、いくつもの素材の組み合わせが試されてきたに違いなくて、それでも誰も成し得ていないんだから。

「でも、成功しなきゃ帰れないんですよね？」

廊下には見張りのように騎士が立っていた。私たちをこの区画から出す気はないんだろう。

修理屋はどうなるんだろうか。ギルドの仕事は？

他の人だってそれぞれ仕事があるよね。修理屋の人たちなんて、全員が長期間いなくなったら、冒険者たちがすっごく困っちゃうんじゃないの？

家族持ちの人だっているだろうし。

無茶苦茶にも程がある。

あのダイヤ姫のお父さんらしいと言えばらしいけど……。もっと常識的な人だと思ってたのに。

「こういうの、よくある事なんですか？」

なんだかみんな慣れている様子だったのが不可解だ。

私が流されてしまったのは、そのせいでもある。

「あるわけないだろう。わたしも突然の事で混乱している」

「その割には落ち着いて見えますけど」

「落ち着いてなどいるものか！」

ミカエルさんがばっと立ち上がった。

「他の者の手前、取り乱す姿を見せるわけにはいかなかっただけだ」

そう言って、そわそわとその辺を歩き回り始めた。

　みんな平気な振りをしてたか、私みたいに流されてたって事なのかな。

「なぜこんな事に……研究はともかく、家の執務《しつむ》はどうしたら良いのだ……ああ、ガンテの鬼《おに》の形《ぎょう》相《そう》が目に浮《う》かぶ……」

　ミカエルさんは頭を抱《かか》えてうずくまった。

　困るとこういう体勢になるのが癖《くせ》みたい。

「一体陛下は何をお考えなのだろうか……」

　ミカエルさんはひとしきり嘆《なげ》いたあと、立ち上がった。

「他の魔導具師の見解も聞いてくる。セツは待っていろ」

「わかりました」

　瞬時《しゅんじ》に堂々とした態度になっていて、さすがミカエルさんだった。

　私は再びテーブルの上にある紙の山に手を伸《の》ばした。

　上から五センチくらいまとめて紙を取り、ぱらぱらとめくっていく。

　数字だけは読めたけど、あとは全然わからない。

　後半は表になっていた。

　テーブルに残された方の紙も、残りは全部表のようだ。

　たぶん、試してみたレシピの組み合わせなんだと思う。

　これだけ膨大《ぼうだい》な数の検証をやってみて駄目なのに、すぐに修理しろって言われても、ぱっとできるわけがない。

「これからどうなっちゃうんだろう……」

私は豪華な天井を振り仰《あお》いだ。

＊＊＊＊＊

それから五日、魔導具師の人たちはゲートを修理しようと奮闘《ふんとう》した。

一番大きな部屋を割り当てられたアウグストさんの所で集まって議論をしたり、実際に素材を置いてゲートの修理を試してみたり。

日がたつにつれて、魔導具師の人たちに焦《あせ》りが見えてきた。

どうやら、みんな二、三日で解放されるものだと思っていたらしい。

無理なものは無理で、王様もそれはすぐにわかるだろう、と。

だけど、一向に解放される気配がない。

王命だからやれる限りの事はするけれど、というスタンスだったのが、これは本当にまずいかもしれない、という危機感に変わっていった。

そうやってみんなが頑張《がんば》っているのを、私はただ見ていた。

素材の名前を言われてもどんな物なのかわからないし、レシピの規則性も知らないし、ナントカ理論がどうかと言われても理解できない。

最初は丁寧《ていねい》に説明してくれたり、書類を読み聞かせてくれていたミカエルさんも、次第《しだい》に私に構っていられなくなった。

なんとか話についていこうとメモを取りながら食らいついてはみたものの、知らない言葉が飛び交《か》いすぎて頭がハテナマークでいっぱいになるばかりだった。

テーブルを囲んで、ああでもない、こうでもない、とミカエルさんたちが議論しているのを、私は少し離れた椅子で必死にメモを取りながら聞いているしかない。

「ところで――」

議論を遮《さえぎ》るように、大きめの声が上がる。

見れば、アウグストさんがこっちを見ている。

「あの娘《むすめ》は、あそこで何をしているのだ？　この数日間、議論にも検証にも参加せず、ただいるだけだ。王命に従う気がないのか？」

鋭い声に、体が硬《かた》くなった。

他の魔導具師さんたちの視線も私に集まってくる。

「セツはまだ魔導具師になって日が浅い」

「そうじゃな。わしらに加われなくとも仕方のない事じゃろうて」

ミカエルさんに続いてかばってくれたのは、ナハトさんだった。

「それもそうか」

アウグストさんはあっさりと引いた。

――かに見えて、言葉を続けていった。

「聞けば、まだ低ランクの生活魔導具の修理しかできないらしいな。ああそう、装備品は冒険者から壊れやすいと苦情が出たとか」

アウグストさんの視線はミカエルさんに向いていた。

「根も葉もない言いがかりだ。修理とはそういったものではないとアウグスト殿も知っているはずだが？」

「ろくに修理ができないのは事実だと認めるわけだ。弟子《でし》が不出来なのは師の実力が不足しているからではないか？」

「違います！」

私は反射的に立ち上がった。

「ミカエルさんは素晴《すば》らしいお師匠様です！」

「セツ、黙っていろ」

「だって……！」

「セツ」

ミカエルさんに止められて、私は黙って椅子に座り直した。

悔《くや》しい。確かに私はまだまだ未熟だけど、それはミカエルさんのせいじゃない。なのにミカエルさんが悪く言われるなんて！

「貴族の会話に割り込んでくるなど、礼儀《れいぎ》知《し》らずにも程がある。これだから平民は」

私はキッとアウグストさんをにらみつけた。

魔導具師の中には私の他にも平民の人がいる。

今の今までその人たちとは対等に議論していたくせに！

平民っぽい服を着ている人たちは、また始まった、とばかりに肩を竦めた。

「セツは先日の水竜の盾を三枚も修理している。それで実力は証明されていると思うが？」

はっ、とアウグストさんが鼻で笑った。

「どうせミカエル殿が修理したのを弟子の実績として申告しただけだろう。そんなもの、どうとでも言える」

「虚偽《きょぎ》の申告などしていない」

ミカエルさんは淡々《たんたん》と答えた。

「ではミカエル殿は一枚も修理できなかったという訳だ」

アウグストさんが蔑《さげす》むように言った。

「いい加減にせい」

呆れたように割り込んだのはナハトさんだ。

「くだらない事を言い争っていないで、議論を進めたらどうじゃ。わしは早《はよ》う家に帰りたい」

「そうだな」

ミカエルさんが頷いた。

それを見たアウグストさんが、勝ち誇《ほこ》ったような顔をする。

別にミカエルさんは言い負かされたわけじゃないのに。

むしゃくしゃした気持ちのまま、私はその後の議論を聞いていた。

「何なんですか、あの人！」

話し合いが終わって部屋に戻るやいなや、私はミカエルさんに食ってかかった。

「ミカエルさんを悪く言うなんて！」

「言わせておけ」

何と言う事もない、という風に、ミカエルさんがソファに座る。

「どうしてミカエルさんは怒《おこ》らないんですか！」

「マズルとハインリッヒは政治的に敵対する間柄《あいだがら》だ。アウグストも幼い頃《ころ》からわたしを目の敵《かたき》にしていた。今に始まった事ではない」

「私がクレームを言われたのもあの人のせいなんですよね⁉」

「マズル家に従う家が関わっている所までは突き止めた。アウグストが命じたという証拠《しょうこ》はないが、少なくとも公爵は絡んでいるだろうな。セツを陥れればハインリッヒ家――いや、わたしを貶《おとし》められると考えたのだろう。浅はかな事だ」

「立派な営業妨害《ぼうがい》ですよ！」

悪質な噂《うわさ》を流されて、私のお店はとっても迷惑《めいわく》をしている。

「自分で言うのも何ですけど、まだ始めたばかりの駆け出しのお店ですよ？　なのにあんな営業妨害をしてくるなんて、ちょっと大人げないんじゃないですか」

「そうなのだ」

何もできない自分への怒りがないまぜになり、八つ当たりのように言った私に、ミカエルさんは頷いた。

「わたしへの攻撃《こうげき》にしては緩《ゆる》すぎる。わたしが指導している事は向こうも知っているだろうし、第一中途半端《ちゅうとはんぱ》な修理ができない事は明白な事実だ。何か別の意図があったのかもしれない」

「別の意図？　例えば何ですか？」

「それはわからない」

ミカエルさんは頭《かぶり》を振った。

「とにかく、私はあの人嫌《きら》いです！」

「それはいい」

大きな頷きが返ってくる。

「万が一にでもマズルに嫁《とつ》ぎたいと言い出しては困るからな」

ミカエルさんが私の手を取り、口元へと持って行く。

「セツはハインリッヒに入るのだから」

カッと顔に熱が集まった。

イライラが一瞬でなくなる。

「だからミカエルさんとも結婚《けっこん》はしませんって」

「時間の問題だな」

いつものように、にやりとミカエルさんが笑う。

「時間がたっても同じです！」

私は恥《は》ずかしさも相まって、ミカエルさんの手を思いっきり振りほどいた。

＊＊＊＊＊

さらに二日たち、私たちが王宮に軟禁《なんきん》されて七日たった。

連日続けていた議論は、やがて堂々巡《どうどうめぐ》りになった。

無限にある全《すべ》ての組み合わせを試してみるのは不可能だけど、推測する事はできるらしい。

遠話の魔導具――スマホみたいに遠くの人と話せる魔導具――みたいな、ゲートと似た性質の魔導具や、他の神話級の魔導具のレシピから類推するのだ。

でも、この数百年の間に同じ事はずっと考えられてきたわけで、ミカエルさんたちが思いつくのは、すでに検証済みの組み合わせばかりだった。

にっちもさっちもいかなくなり、全員が黙り込んでからしばらくすると、バンッと部屋の扉が勢いよく開かれた。

見ればアウグストさんだった。

一人だけ議論に参加せず、ゲートの修理を試みていたのだ。

無言でつかつかとテーブルへと近づき、どっかりと椅子に座ると、不機嫌《ふきげん》そうに腕を組んだ。

「その様子だと、また失敗したようじゃな」

ナハトさんが悪びれもせずに言う。

ぎろっとアウグストさんがナハトさんをにらんだ。

しかし、現に失敗しているからなのか、言い返す言葉は出てこなかった。

そこへ、コンコンとノックの音が割り込む。

一番下っ端《ぱ》の私が駆け寄って扉を開けると、騎士さんが立っていた。

「ミカエル・ハインリッヒ殿。陛下がお呼びです」

「陛下が？」

ミカエルさんが立ち上がる。

ちっ、とアウグストさんが舌打ちをした。

ミカエルさんが呼ばれたのが気に入らないのだ。

「陛下が進捗《しんちょく》をお尋《たず》ねになったら、不可能だと申し上げて下され」

「わかっている」

ナハトさんに答えて、ミカエルさんは部屋を出て行った。

それを合図にしたかのように、そろそろ解散しようという空気になる。もう夜も遅《おそ》い。

次々にアウグストさんの部屋を出て行く魔導具師さんたちの後に続いて、私も自分の部屋に戻った。


一人でメモの内容を整理しながらミカエルさんを待つ。

ミカエルさんはすぐに戻って来た。

その様子を見て、私は悲鳴を上げた。

「顔が真っ青ですよ⁉　どうしたんですか⁉」

ミカエルさんの顔からは血の気が引いていて、目が虚《うつ》ろになっている。

王様の説得に失敗したんだろうか。そんなの今までずっと繰《く》り返されてきた事なのに。

ミカエルさんは顔を上げて私に焦点《しょうてん》を合わせると、弾《はじ》かれるように駆け寄ってきた。

「セツ、頼みがある！」

勢いよく両肩をつかんでくる。

「ど、どうしたんですか、急に」

こんなに取り乱しているミカエルさんを見るのは初めてだった。

「ゲートを修理してくれ！　セツなら素材がなくても修理できるだろう⁉」

「できるかもしれない、ですけど……」

実はそれはちょっと思っていた。

素材がわからなくても、私が魔力を使えば修理できちゃうんじゃないかって。

ただ、あのゲートの修理に見合うだけの魔力が私にあるかと言えば、間違いなくないだろう。

灯台の魔導具なんて比べものにならないほど大きいし、その能力だって強力だ。

きっとものすごく魔力が必要になる。

「頼む！」

ミカエルさんが必死の形相で迫《せま》ってくる。

「ダイヤが……ダイヤが死にそうなのだ！」

「え、どういう事ですか？」

「ダイヤが死んでしまう！」

「ちょ、ちょっと、一旦《いったん》落ち着きましょう」

私はミカエルさんを宥《なだ》めてソファに座らせた。

「ダイヤ姫様が死にそうっていうのは、どういう事なんですか？」

「たった今、陛下から父上と共に知らされた。ダイヤが死の呪《のろ》いにかかってしまった、と」

ミカエルさんは顔を両手で覆《おお》った。

「王宮にある魔導具でしか治せないのだ。急がなければダイヤは死ぬ！」

「死ぬって……」

「徐々《じょじょ》に体が蝕《むしば》まれていき、十日後に死に至る呪いだ。ダイヤも勇者もまだその呪いを解呪《かいじゅ》する魔法を習得していない」

「そんな……本当に？」

ミカエルさんはうなだれた。

それが答えだった。

だから王様が急にゲートを修理しろって言い出したのか。

「あと三日だ。あと三日しかない」

「三日⁉」

「わたしにはどうする事もできない。だが、セツなら……！」

「その魔導具は、急いで持って行く事はできなかったんですか？」

「間に合わない。早馬を飛ばしても、十日ではたどり着けない場所なのだ」

ミカエルさんの目が不安で揺《ゆ》れていた。

ダイヤ姫を助けるには、どうにかしてゲートを修理するしかない。

もし修理できなかったら、ダイヤ姫は死ぬ。

私なら修理できるかもしれない。

でも、ゲートは神話級の魔導具だ。

成功する可能性なんてあるんだろうか。

それに、奇跡《きせき》的に成功したとしても、代わりに私が――。

私は膝《ひざ》の上で両手をぎゅっと握り締めた。

するとミカエルさんが、はっと何かに気がついたような顔をした。

「すまない。やはり今のは聞かなかった事にしてくれ。ダイヤの事を聞いて取り乱した。修理をしてくれなどと言うものではなかった。それではセツの命が危ない」

慌《あわ》ててミカエルさんが発言を撤回《てっかい》した。

自分が死ぬかもしれない。

正直、ダイヤ姫の事は好きじゃない。

何もわからない私を王都に放り出した人だ。

だけど――死なせたくない。

自分になら救えるかもしれないのに、それをやらずに誰かが死ぬのは嫌だ。

それに、もしこのままダイヤ姫を死なせてしまったら、ミカエルさんはすごく悲しむだろう。

私は顔を上げて、ミカエルさんと目を合わせた。

「いえ、やります」

「駄目だ。セツが危ない。なかった事にしてくれ」

「やります」

「駄目だ」

ミカエルさんが頭を振った。

「でも、私がやらないと、ダイヤ姫様が死んじゃうんですよね？」

「駄目だ駄目だ駄目だ駄目だ」

立ち上がって頭をかきむしる。

「セツを危険にさらす事はできない！」

「ダイヤ姫様が死んじゃったら、勇者はどうなるんですか？　魔王討伐《とうばつ》は？　ダイヤ姫様は絶対死なせちゃいけない人ですよね？」

「それは……！」

ミカエルさんは苦しそうに顔を歪《ゆが》めた。

「それでも駄目だ。わたしはセツとダイヤを天秤《てんびん》にかける気はない」

「大丈夫ですよ。私、死ぬ気はありませんから」

私はミカエルさんに歩み寄り、その手を取った。

「素材はほとんどわかってるんですから。足りない素材の分だけ魔力を使えばいいんです」

「できるわけが――」

「大丈夫ですって。私に任せて下さい」

私は自分の胸を押さえて言った。


なんとかミカエルさんを説得し、二人で廊下に出ると、ちょうどアウグストさんがトイレから出てきたところだった。

「ミカエル殿ではないか。このような時間にどこへ行くのだ？」

「愚問《ぐもん》だな」

その通りだ。私たちはゲート以外の場所に行く事を許されていない。

「ミカエル殿は検証には興味がないと思っていたが」

王宮に来てから、ミカエルさんは一度も検証に参加した事がない。

他の魔導具師が修理を試すのを見学しに行く事はあっても、自分で修理してみようとはしなかった。

「勝算があるならば別だ」

「勝算？　まさかその役立たずにか？」

含み笑いと共に目が私に向いた。

私を下に見る、嫌な視線だ。

「そうだ」

ミカエルさんは淡々と答えた。

「ふっ。はっはっはっ！」

冗談《じょうだん》だったであろう言葉にミカエルさんが真面目《まじめ》に返したものだから、アウグストさんが高笑いをした。

「これはこれは。ミカエル殿は疲労《ひろう》で頭が参っている様子。それでは生活魔導具の修理もままならないだろう」

生活魔導具の事を引き合いに出したのは、私への当てつけだ。

「口を閉じた方がいいぞ、アウグスト殿。あとで吠《ほ》え面《づら》をかきたくなければな」

「その言葉、そっくりそのまま返そう。せいぜい貴重な素材を無駄にしない事だ」

「アウグスト殿が言うと説得力があるな」

バチバチと二人の間に火花が散った。

「ミカエルさん、今はそれどころじゃ……」

「そうだな。ゲートを修理に行かなければ」

「はっ。せいぜい足掻《あが》くがいい」

捨て台詞《ぜりふ》を残して、アウグストさんは自分の部屋へと入っていった。

閉じた扉をにらみつけてから、ミカエルさんは私たちを監視《かんし》している騎士さんたちの方へと歩み寄る。

「ゲートが見たい」

「かしこまりました」

騎士さんは一礼すると、すぐに私たちを先導して歩き始めた。

持ち場を離れた分は、近くにいた騎士さんがすぐに埋める。

黙々と長い廊下を歩き、階段をいくつか下りて、私たちはゲートの部屋までやってきた。

重たい石の扉を開けてもらい、ランプを手に石造りの部屋へと足を踏《ふ》み入れる。

「待て」

案内してくれた騎士さんが持ち場に戻ろうとしたのを、ミカエルさんが呼び止める。

「強力な魔力ポーションを持って来い。ありったけだ」

「かしこまりました」

なぜ魔力ポーションが必要なのか疑問に思っただろうに、騎士さんは顔色ひとつ変えずに敬礼した。

魔導具師が欲《ほっ》した物は何であっても用意せよ、と言われているのだ。

石の冷たさからくるのか、部屋の空気はひんやりとしていた。

口を閉じればしんと静まり返る。扉が開いている事さえ忘れてしまいそうなほどだ。

部屋の中央、ランプで照らされた魔導具は黒く曇り、全く光を反射していない。

私は近づいて魔導具に触った。

煤がついたように見える表面は、視覚に反してつるつるとしている。紋様の溝も磨《みが》かれたように滑《なめ》らかだ。

もちろん手が汚《よご》れる事もない。

私は背後で佇《たたず》んでいるミカエルさんを振り返った。

「さっそく始めましょう」

「あ、ああ……」

ミカエルさんがぎこちなく頷いた。

まずやるのは、壁際に積んである木箱から素材を取り出す事だ。

他の人が修理するのを見学している間にミカエルさんに教えてもらったお陰《かげ》で、私は修理に必要な素材の名前と見た目は頭の中に入っていた。

文献に記されていたというレシピ。

書かれている素材全てが超《ちょう》高ランクなのかと言えば、そうでもない。

中級の冒険者でも手に入れられるような素材も含まれているらしい。

だから余計に残りの三種類が特定できないのだ。

水竜の盾の修理に使ったコップ一杯の水みたいに、素材とも言えないほどありふれた物もあり得るとなれば、組み合わせはそれこそ無限に存在する。

最後の素材を並べ終えると、ちょうど魔力ポーションが届けられた。

騎士は部屋に入る事を禁止されているらしく、部屋の前に置かれた木箱をミカエルさんが運んだ。

私が飲むなんて想像もしていないだろう。たぶん素材として使うんだと思われている。

瓶《びん》の中の液体は、灯台の魔導具の修理で倒《たお》れた時に飲んだような、鮮《あざ》やかな赤色じゃない。

血のような、黒っぽくすら見える濃《こ》い赤色だった。

ミカエルさんが、きゅぽん、きゅぽんとコルクを外しながら、瓶をずらりと床へ並べていく。

その間に、私は魔石を用意した。

赤ちゃんの頭みたいな大きな魔石を五個、ごとりとゲートの真下に円を描《えが》くように置く。

「準備できたな」

「できましたね」

ミカエルさんの呟きに、呟きを返す。

私は六個目の魔石を持って、五個の魔石の中心に立った。

ふぅ、と小さく息をつく。

ミカエルさんが両手に魔力ポーションを持って隣に立つ。

今から私は新しい事に挑戦《ちょうせん》する。

灯台の魔導具の修理の時は、全部の素材の分を私の魔力で補った。

今回は、足りない素材の分だけやる。

初めての試みだから、成功するかはわからない。

失敗するだけならまだいい。

もしかすると、全部の素材を補おうとして、魔力が全て流れ出てしまうかも。

それに備えてミカエルさんが隣にいる。

いざという時には、魔力ポーションを問答無用で飲ませてもらう。

私は両手の拳《こぶし》をぎゅっと握り締めた。

大丈夫。できる。絶対、できる。

たくさん修理してきて、たぶんレベルは上がっている。

部分的に素材を補うのだってきっとできる。

すっと息を吸って、いつものルーティンを始める。

素材の種類、数、よし。

魔石の大きさ、数、よし。

私は床に両膝をつけた。

四つん這《ば》いの格好《かっこう》になって、左手で魔導具の床に触れる。

ひんやりとした温度が伝わってくる。

彫《ほ》られた紋様を指で少しなでた。

できる。できる。

素材と魔力を、両方使う。

素材が光の球になるところ、自分の魔力が抜《ぬ》けるところ、それらをゲートが吸い込むところを同時に想像する。

できる。できる。

大きく深呼吸。

冷たい空気が肺に満ちた。

私にならできる。

修理、修理、修理。

強く強く念じて、私は右手にのせていた魔石を、ゲートの床に――。

「駄目だ！」

「っ⁉」

ミカエルさんの制止の声に、私は慌てて左手で魔石をキャッチした。

「びっくりしたぁ……。なんで止めるんですか」

「やはり駄目だ」

「ここまできて何を言ってるんです？」

「考え直そう。セツが危険を冒《おか》す事はない」

ミカエルさんが膝立ちになった私の手から魔石を引ったくった。

「その話はさっきしたじゃないですか」

「いや駄目だ。ダイヤとセツ、二人とも失うかもしれない。そのようなリスクは冒せない」

「大丈夫ですって」

「何の根拠《こんきょ》もないだろう」

「根拠ならあります！」

私は立ち上がってミカエルさんが持つ魔石に手を伸ばした。

二人で引っ張り合う格好になる。

「ないだろう」

「あります」

「言ってみろ」

「それは……」

「ほらみろ」

私はぐっとくちびるを噛《か》んだ。

言うしかない。

私は大きく息を吸い込んだ。

「ミカエルさんには黙っていましたけど……私、本当は、田野倉くん——勇者と一緒に異世界から来た召喚者なんです！」

「何……だと……？」

ミカエルさんが目を見開いた。

「隠していてごめんなさい。誰かに知られたら、勇者と一緒に魔王討伐の旅に行けって言われるんじゃないかって。だから黙っていました」

「セツが、召喚者……？」

「はい。私の本当の名前は小日向世絆《こひなたせつな》。姓《せい》が小日向で、名が世絆です。こっちの世界の名前とは全然違いますよね？」

「いや、しかし……」

「召喚されてからしばらく王宮にいました。ダイヤ姫様ともその時会ったんです。こっちの常識を知らないのも、字が読めないのも、魔導具に慣れていなかったのも、全部召喚者だからです。私は魔導具のない世界から来たんです。あとで王様に聞いてみて下さい。王様は私の事、知ってますから」

ミカエルさんはまだ信じられないという顔をしている。

そりゃそうだよね。いきなり召喚者だなんて言って、信じろというのが無茶だ。

でも、信じてもらうしかない。

「私の魔導具師の力は転移者特典《チート》なんです。だから、大丈夫です」

本当は召喚者なんて格好いいものじゃない。勇者召喚に巻き込まれただけだ。

だけど、ミカエルさんに話しているうちに、私の中に自信が生まれてきた。

できる。私には。

自分で自分に言い聞かせる言葉じゃない。

できると確信していた。

根拠？　そんなものはない。

私は勇者じゃない。ただの元女子高生だ。

でももう、こっちに来たばかりの頃の、何もできなかった私じゃない。

ぐいっと魔石を引っ張ると、驚いて力の抜けていたミカエルさんの手から、魔石が離れた。

その拍子《ひょうし》に、ミカエルさんが尻餅《しりもち》をつく。
「ミカエルさんは、私が修理するのを黙って見守ってて下さい」
すっと短く息を吸い、修理と強く念じ、両手で魔石を頭の上へと振り上げる。
「待てっ！」
ミカエルさんが叫《さけ》ぶ。
だけど私は動きを止めない。止まる気なんてない。
私ならできる。
ふっ、と小さく息を吐《は》き、
上げた両手を上半身ごと勢いよく振り下ろして、
魔石を思いっきり足元に叩きつけた。
砕《くだ》けた魔石がその場に飛び散る。
途端。
ドクン、と大きく心臓が鳴った。
両腕が肩からごとりと落ちたかのような喪失感《そうしつ》を味わう。
脚の力が抜けて、がくんと膝から崩れ落ちた。
視界が暗くなり、耳鳴りがした。
「セツ！」
ミカエルさんに抱き留められる。
口に何かがつっこまれ、液体が流れ込んできた。

ミカエルさんがポーションを飲ませてくれているんだ。
そのほとんどが口からこぼれてしまったけど、わずかに飲み込む事ができた。
「セツ！　セツ！」
ミカエルさんが何度も私の名前を呼ぶ。
床の上には素材が行儀《ぎょうぎ》良く並んだままだ。
失敗かぁ。
まあ、一回で成功するわけないよね。
水竜の盾だってあんなに大変だったんだから。
ミカエルさんに思いっきり啖呵《たんか》切っておいて、これはかっこ悪いなぁ。
あはは、と心の中で苦笑《くしょう》する。
ミカエルさんを見ると、必死の形相をしていた。
そんなに心配しないで下さいよ。
大丈夫ですって、ポーション効いてますから。
灯台の魔導具の時のような、意識が遠のく感じはしない。
そう言いたくても声が出ない。
ぱくぱくと口だけが動いた。
少しずつ感覚の戻ってきている手を、ミカエルさんの顔へと伸ばす。
その手がミカエルさんに触れそうになった瞬間《しゅんかん》――。
私たちの周りにあった素材が、一斉にふわりと浮かび上がった。

それらはくるりと丸まって光の球になる。

ランプの光なんてかすんでしまうほどの強い光だ。

その大小色とりどりの光は、ゆっくりとゲートの周りを回り始めた。

「これって……」

掠《かす》れた声が出た。

「ああ……」

ミカエルさんも茫然《ぼうぜん》としている。

縦横無尽《じゆうおうむじん》に飛び回る光の中に私たちはいた。

形容しがたい美しさに、私たちはただ言葉もなく黙っていることしかできなかった。


飛び回る光が全てゲートに吸い込まれるまで、そう長くはかからなかった。

最後の一つが吸収され、光の洪水《こうずい》が収まった後、ゲートはランプの光を反射して、ピカピカと眩《まば》ゆいばかりに輝《かがや》いていた。

私とミカエルさんはぱちぱちと互《たが》いに目を瞬《しばたた》かせた。

「修理――」

「しちゃいましたね」

ぽつりぽつりと言い合って、二人でぷっと噴《ふ》き出す。

「本当に修理してしまうとは」

「私もびっくりです」

「自信があったのではないのか!?」

「ありました！　ありましたけど！」

二人で言い合っていると――。

「な……!?」

突然、後ろから声が上がった。

見れば、扉の所でアウグストさんが口をあんぐりと開けている。

その視線が、ピカピカになったゲートと私たちを往復する。

きっと私たちの失敗を嗤《わら》うつもりで来たんだろう。

残念でした。成功しちゃったもんね。

私は驚きに固まっているアウグストさんに、思いっきりピースをかましてやった。


ゲートの修理に成功した事は、すぐさま王様に報告された。

修理の事を知っていた関係者たちは、上を下への大騒ぎになった。

なにせ、絶対不可能だと思われた状況《じようきよう》を覆《くつがえ》したのだから。

修理したのは私――というのは現実的ではなかったので、二人の成果という事にした。

ミカエルさんが素材を突き止めて、私が修理をした、という筋書きだ。

だけど、どんな素材を使って修理をしたのかまでは伏《ふ》せられた。

ミカエルさんが非公開にすると宣言したからだ。

魔導具の研究結果は研究者のもの。無償《むしよう》公開するも有償《ゆうしよう》利用を許すも非公開にするもその人次第。特許と同じだ。

当然、他の魔導具師の人たちはレシピを公表するべきだと主張した。

特に生活魔導具の修理屋のおじさんと、アウグストさんの勢いはすごかった。

だけど、ミカエルさんは頑《がん》として拒否した。

だって、公開しようにも肝心《かんじん》のレシピがないのだ。

三種類のうち、一つだけは公開された。

それは、魔力ポーション。

私に使おうとしてミカエルさんが並べていた魔力ポーションのうち、三本の中身が余計になくなっていた事が後から判明したのだ。

私の魔力で足りたのは、間違いなくそのお陰だろう。補ったのは素材二種類分で済んだ。

その発想はなかった！　と生活魔導具の修理屋さんは歯噛《はが》みした。

アウグストさんはもっと酷《ひど》い顔で悔しがっていた。


全てが終わった真夜中に、私は馬車で家に帰された。

色々あってヘトヘトになった私は、急いで寝《ね》る支度《したく》をしてベッドにぼふんと倒れ込んだ。

今日は疲《つか》れたぁ。

コンコン。

意識が沈《しず》みこむその瞬間、ノックの音がした。

目をこすりながらドアの前まで行く。

「ルカ？」

ドアは開けない。だって私パジャマだもん。

「悪い。寝てたよな」

「ううん。いいよ。どうしたの？　ご飯？」

「いや、少し話がしたい」

「話？」

珍《めずら》しい事もあるものだ。びっくりして目が覚めた。

「ちょっと待ってね」

「悪い」

「ううん」

ガウンを羽織って髪《かみ》を手ぐしでとき、ドアを開けると、ルカは湯気の立つカップを両手に持っていた。

どうやら私が準備している間に持って来てくれたようだ。

中身はトロッとしたトマトスープだった。

「レッドコーンのポタージュ」

違った。コーンポタージュだった。

向かい合って席に座る。

両手でカップを持ってこくりと一口スープを飲む。

うん。見た目はトマトだけど、味はコーンだ。

「それで、話って？」

「しばらく王宮に滞在していただろ。何があった？」

「え、なんで私が王宮にいたって知ってるの？」

「あれだけ派手に連行されてりゃ人の口にも上るだろ」

「確かに」

緊急招集とは言ってたけど、無理やりだったもんね。

「ゲートの修理の依頼があったの」

話の段階では口外するなと命令されていたけど、私とミカエルさんが修理に成功した事は近いうちに発表されるらしい。

「ゲートの修理……？」

ルカが眉《まゆ》を寄せた。

「うん」

「修理できたのか？」

「うん。私とミカエルさんで」

ルカは肘《ひじ》をテーブルにつき、額に両手を当てて押し黙った。

「それで？」

視線が私に向く。

「それでって？　それだけ」

「何のために修理したんだ？」

「何のためって……」

ダイヤ姫の呪いの話は秘密だ。

「勇者のためだろ」

ルカが顔を上げて言った。

「えっと……」

とっさに否定できなくて、私は目を彷徨《さまよ》わせた。

これじゃあ肯定《こうてい》しているのと同じだ。

「うん、まあ、そう」

正確には田野倉くんのためじゃなくてダイヤ姫のためだけど、ダイヤ姫を助けた事は田野倉くんを助けた事でもあるし、嘘《うそ》ではない。

「勇者は王都に戻って来たのか？」

「え？　ううん、戻って来てないよ。向こうのゲートは修理できてないから」

ゲートは一方通行だ。

王宮から解呪の魔導具を持って行く事はできても、向こうからこっちに来る事はできない。

「向こう側のゲートが修理できたら、戻って来るよな」

「あー……うん、そうだね。たぶん」

きっと私がゲートを修理する事になるんだろう。

ここ数日の強制っぷりを見るに、王都から出たくない、なんて私の希望は聞いてもらえそうな雰《ふん》囲《い》気《き》じゃない。

そして、ゲートが修理できれば、王都に戻って来ない理由はない。

「勇者様が戻って来ると何か困るの？」

「いや、勇者じゃなくて——」

ルカは黙り込んだ。

こくりとスープを飲んだ私をちらっと見る。

「体は大丈夫なのか？」

「体？　うん。大丈夫だよ。ちょっと疲れてるけど。なんで？」

「魔力で修理したんだろ？」

あ、そっか。ルカは知ってるんだっけ。

「うん。わかってない素材があったんだけど、その分を私の魔力で」

「何ともなかったのか？」

「力が抜けて倒れたけど、ミカエルさんがポーション飲ませてくれたから大丈夫だったよ」

はぁ、とルカは溜め息をついた。

「あいつ……」

「うん？」

「危険だってわかってただろ」

「でもやるしかなかったよ。たの——勇者様のためだもん。王様の命令だったし。私はやれて良かったと思ってる」

「あー……」

ルカは自分の頭をわしわしとかいた。

「そうだよなぁ。お前はそういうやつだよ……」

ぐっとスープを一気飲みして、ルカは立ち上がった。

「もういいの？」

「ああ。聞きたい事は聞けた」

「そう。スープごちそうさま。美味《おい》しかった」

私も一気飲みして、ルカにカップを渡《わた》す。

「無理はするなよ」

「うん。ありがと。ルカもね」

「お前に言われるのは複雑」

「なんで」

そりゃあ、私は色々やらかしてるかもしれないけどさ、私だってルカを心配したっていいじゃない。護衛なんて危ない仕事なんだし。

ルカはその質問には答えずに、じゃあな、と手を上げて部屋を出て行った。

＊＊＊＊＊

次の日、ギルドに出勤すると、朝一番にヴァンさんがやってきた。

「おー、良かった。心配してたぞ」

「すみません、急にいなくなっちゃって」

「修理、頼めるか」

「はい」

私は店の中に入った。

「憲兵に連行されるやつはよく見るけど、騎士に連行されるやつは初めて見たぜ」

ごそごそとマジックバッグから素材を取り出しながら、ヴァンさんが話す。

「いや連行じゃなくて、王宮に呼ばれただけなんですって」

私も素材を数える作業をしながら相づちを打った。

周りの冒険者たちが聞き耳を立てているのを感じる。

「まあ他の修理屋の連中も連れて行かれたみたいだしな。店が全部閉まっててちょっとした騒ぎになった。戻って来てくれて助かった」

「私も、やっと帰ってこれて良かったです」

色んな人に迷惑をかけてしまった。私のせいじゃないけど。

「これで全部だ」

「お代も確かに。引き取りは明日ですか？」

「昼前でもいいか？」

「承《うけたまわ》りました」

「早くて助かる」

ヴァンさんが店から離れようとした時、ギルドの入り口で大きな声がした。

「あーっ！　セツいた！」

見ればエレナさんが私を指差している。マリーさんもいた。

「昨日来たらいないんだもん。あたしたち明日また発《た》つのにさ。焦っちゃった」

「来てくれたんですね」

「また来るって言ったじゃん」

「あ、接客中でしたか。失礼しました」

マリーさんがヴァンさんを見て頭を下げた。

「いや。今終わったところだ。あんたたちもここで修理してんだな」

「まだ二回目だけどね」

「俺《おれ》は専《もっぱ》らここだ」

「セツ、修理上手いよね。ほんと助かったよ」

「わかる」

「え、修理って上手《うま》いとかあるんですか？」

私は思わず聞いていた。

修理には、成功か失敗かしかない。

上手いか下手かは、修理の成功率が高いか低いかで、使う側の人にはわからないはずだ。

「使っても、全然傷つかないんだよ」

「俺もそう思ってた。損耗率がたまりにくい感じがする」

「やっぱり？」

二人は意気投合していた。

「損耗率は確率で増えるものなので、たまたまじゃないですか？」

たまりにくくなるとか、そんなのミカエルさんからも聞いた事がない。

「いやいや、だって俺、しばらく剣も鎧《よろい》も変えてないぞ」

「あたしはこの剣絶対壊したくないから、もうセツ以外には頼みたくないよ」

「俺もここ以外に頼む気はしないな。一度に全部修理してくれるのもありがたい」

「早いのも助かります」

「だよな～」

褒《ほ》められすぎて、私はだんだん恥ずかしくなってきた。

「このところ投擲弾が不発にならないのも、セツのお陰なんでしょ？」

エレナさんの言葉にドキッとした。

「えーっと、まあ、そうです、ね……」

答えながら、ヴァンさんの顔色を窺《うかが》う。

「俺不発弾で死にかけたからさ～。マジで助かるよ」

「怒って、ないんですか？」

「怒る？　何に？」

ヴァンさんはきょとんとした。

「あの頃は、不発弾がまだあったから……」

「何言ってんだよ。不発弾があるのなんて当たり前だろ！　その数を減らしてくれてるってんだから、感謝こそすれ怒るわけないだろう」

　ヴァンさんはあっけらかんと言った。

「役に立ててるなら、良かったです」

　胸のつかえが取れた気がした。

「これからも役に立ってくれなきゃ困るからね！」

「俺が今預けたやつも頼むぜ」

「はい。承りました」

　ヴァンさんはにかっと笑うと、ギルドから出て行った。

　エレナさんとマリーさんがその背中に手を振る。

　こちらを向き直ったエレナさんが、魔導具をカウンターに置いた。

「んで、あたしたちの依頼はこれ」

　どんどん魔導具を追加していく。

「素材はこちらです」

　今度はマリーさんが素材を置いていった。

「なんか嬉《うれ》しいな。セツの店の客と話せたの」

「ええ。同好の士という感じがしました」

　私が数を数えている間、二人はくすくすと笑いあっていた。

　私も自然と笑顔《えがお》になる。

「引き取りは明日ですね」

「昼過ぎに参ります」

「お任せ下さい」

「よろしくな！　――あ」

手を上げて踵《きびす》を返そうとしたエレナさんが、扉の方に歩いていくマリーさんを置いて、カウンターのこちら側に身を乗り出してきた。

内緒話《ないしょばなし》をするように、口元に手を添《そ》えていて、私はそこに耳を近づけた。

「セツにだけ教えておく。この双剣《そうけん》、左はあたしたちの姉ちゃんが持ってるの。もしここに来たら教えて。きっと姉ちゃんも壊さずに持ってるはずだから」

「え、でも、同じ物かなんて、わからないですよ」

対《つい》になってるんだろうとは思ったけど、エレナさんの剣とセットの剣かどうかなんて絶対わからない。同じ剣はたくさんあるんだから、他のセットの片割れかもしれない。

「セツならわかるよ、たぶん。でも、間違っててもいいから、双剣の左だけ持ってる人がいないかだけ見てて」

「わかりました」

今度こそ、エレナさんはマリーさんを追いかけていった。

お姉ちゃん、かぁ。

ふとお兄ちゃんの顔が頭に浮かんだ。

寂しい気持ちはあるけど、でも、こっちでの生活も、案外悪くない。

仕事は……まあ、まだちょっと上手くいってないけど。

そんな事を思いながら依頼品をカゴに載《の》せていると、冒険者の一人が声を掛《か》けてきた。

「なあ、あんた」

「はい」

その人は一度視線を逸《そ》らしてから、思い切ったように口を開いた。

「ゲートを修理したって本当なのか？」

「えっ」

その話、もう広まってるの⁉

「レストンから聞いた」

防具の修理屋のおじさんから？

「えっと」

私は言葉に詰まった。

言っていいんだよね？　発表されるって言ってたもんね？

「本当ですよ」

答えたのは私ではない。

声の主はリーシェさんだった。

さっきまでカウンターの中で仕事をしていたはずなのに、いつの間に。

「セツさんは王都のゲートの修理に成功しました」

にっこりと笑っている。

マジか、本当だったのか、とギルド内がざわついた。

「それも、お一人で修理したそうです」

「や、ミカエルさんも一緒でしたから」

「ハインリッヒ様はレシピを解明なさいましたが、修理を成功させたのはセツさんだと聞いています」

「それは」

その通り、なんだけど。

「水竜の盾を修理したのも、師匠のお貴族様じゃなくて、本当にあんただったのか？」

「そう、です」

これは自分で答えた。

「な、ならっ、さっきの三人が言ってた、魔導具が長持ちするってのも本当か!?」

冒険者さんが興奮したように身を乗り出してくる。

「え、いや、そんな事はないと思いますけど」

「さっきの三人はそう言ってたじゃないか！」

「私からは何とも……」

勢いに圧《お》されて曖昧《あいまい》な答えになってしまったのが良くなかったのか、ギルド内のざわめきが大きくなっていく。

「壊れにくくなるって事？」

「そういや、前修理してもらった時、傷がつきにくかったかも」

「マジ？」

「魔導具の能力が強化されたりしないかな」

「それはないです！」

思わず声の一つに答えてしまった。さすがに強化はない。いやもちろん長持ちする事もないんだけど。

「ゲートを修理できたんなら、これもできるよな？」

冒険者さんは篭手《こて》をカウンターの上に置いた。

「長持ちさせるとか、強化させるとかは無理です」

「なら、普通の修理ならできるって事だよな？」

「高ランクの魔導具じゃなくて、素材があれば、たぶん」

「頼む！　レストンとこはいっぱいで修理を断られたんだ！」

パンッと両手を合わせて拝んでくる。

「お渡しは明日で、素材の質が悪い場合は――」

「俺のも頼む」

お決まりの口上を述べようとすると、他の冒険者さんが横から入って来た。

カウンターに剣を置かれる。

「武器の修理屋にも依頼が殺到《さっとう》してるんだ」

そうだよね。みんなまとめて不在だったもんね。

「私は生活魔導具を頼みたいんだけど」

さらに横から入って来た冒険者さんが取り出したのはゴーグルだった。

へぇ。こんな魔導具もあるんだ。

感心している間に、お店の前に人がどんどん集まってくる。

「ここ、詐欺《さぎ》ってるって噂じゃなかったか」

「それがゲートを修理したんだってよ」

「んなまさか」

「ギルドが認めたらしいわ」

「ヴァンがずっと通ってたよな」

「長持ちするって」

「能力が強化されるらしい」

「長持ちも強化もされません！」

これだけは否定しておかないと、それこそ本当に詐欺になっちゃう。

その間にも、カウンターには次々と魔導具と素材が置かれていく。

「私のもお願い」

「こっちも」

「ちょ、ちょょっと――」

誰がどの魔導具を置いたのかもわからなくなりそう。

「じゅ、順番に、お願いします～～～っ‼」

私は思いっきり叫び声を上げげた。

閑話《かんわ》・四　救世主

セツを家に帰した後、わたしは陛下に謁見《えつけん》を求め、先ほどあった事の全《すべ》てを報告した。

いくら非公開と言っても、神話級の魔導具《まどうぐ》のレシピを王家にまで秘匿《ひとく》はできない。

「で、素材が不明なまま修理を終えたのか」

「はい」

「にわかには信じられん」

わたしもこの目で見ていなければ、ゲートの修理に成功――それもレシピ不明のまま修理ができたなどと聞けば、耳を疑っただろう。

「魔力での修理について詳細を伏《ふ》せておいて正解だったな」

「はい」

セツが素材を使わずに魔力で修理できるという能力の事は報告していたが、それで灯台の魔導具を修理した事を知っているのは上層部のみだ。

公《おおやけ》にすると悪用を企《たくら》む輩《やから》が現れるおそれがあるからだ。

セツに護衛をつけ、保護魔法をかけてはいるが、危険はないに越《こ》した事はない。

ましてやこれほどの能力を失うとなれば、国家の損失だ。

他の魔導具師には、簡易な生活魔導具の修理にしか使えないと伝わっている。

かつて同様の能力を持っていた魔導具師もその程度だったため、よもやそれでゲートを修理したなどとは誰《だれ》も思い至らないだろう。

「何にせよ、ダイヤの命は助かった。本当によくやってくれた。礼を言う」

陛下は一瞬《いっしゅん》父親の顔になった。

すでにダイヤには魔導具が届けられている。

遠話の魔導具による報告によれば、呪《のろ》いは無事に解除され、現在は快方に向かっているとの事だった。

「魔王討伐《とうばつ》の旅の助けにもなりました。先の水竜《すいりゅう》の盾《たて》の件も、勇者の要請《ようせい》だったとか」

「何が言いたい」

「セツは召喚者《しょうかんしゃ》だそうですね」

なぜ事前に知らせて下さらなかったのか、と視線に力を込《こ》める。

しかし、陛下の言葉は意外なものだった。

「そうだ。わたしも驚《おどろ》いた。まさか魔導具師のセツが召喚者のセツと同一人物だったとは。そのような報告は入ってきていなかった」

監視《かんし》はさせていたが、陛下の所まで報告が上がっていなかった、という事か。

希有《けう》な魔導具師の素質があるとわかったのなら、報告がなかったのはおかしい。

誰かが情報を止めていた可能性も――。

「それで、お前はどう考える」

「セツもまた、伝説の救世主だ、と」

陛下は目を閉じて黙考《もっこう》した。

「……断言はできない」

「そうですね。今は、まだ」

「だがどちらにしろ、類《たぐ》い希《まれ》なる魔導具師である事には変わりない。勇者の元に送る事も考えねばならぬな。修理屋が同行していれば旅もはかどるだろう」

「いえ、それには同意しかねます」

「なぜだ」

陛下は片眉《かたまゆ》を上げた。

「セツは戦闘《せんとう》向きではありません。送ったところで勇者一行の足手まといになります」

剣《けん》を両手で持つのでさえも精一杯《せいいっぱい》な様子だった。

モンスターの蔓延《はびこ》る場所に行かせれば、抵抗《ていこう》する間もなく死に至るだろう。

「今回も先回もセツは王都にいながら勇者一行を助けました。セツはこのまま王都に留め置くのが良いかと思われます。ここのゲートがあれば遠隔《えんかく》での支援《しえん》も可能です。各地のゲートの修理が進めば、さらに容易になるでしょう」

「ふむ……。一理あるな」

陛下はわたしの提案に理解を示した。

「それでは、セツはこのままわたしの下で育てます」

「何かあれば逐一《ちくいち》報告せよ」

「かしこまりました」

あとがき

こんにちは。藤浪保《ふじなみたもつ》です。

「魔導具《まどうぐ》の修理屋はじめました」の二巻目をお手に取って頂き、ありがとうございます。続巻、初です。まさか二巻目を出せるとは思っていなかったので、こうして形になって感無量です（一巻のあとがきでも同じようなことを書いていました）。

今回もリアルライフ描写《びょうしゃ》を入れました。言語は徐々《じょじょ》に習得しつつありますが、食事の壁《かべ》はいまだ解決できず。納税のために確定申告のような事もします。ただ金銭のやり取りをすればお店の経営ができるわけではありません。そして乗り合い馬車の乗り方ですね。これはイタリアでのバスの乗り方を参考にしました。タバッキという売店で切符《きっぷ》を買うのです。

セツも成長しました。勇者のおまけで召喚《しょうかん》された自分でも、誰《だれ》かの役に立ちたいという一心で、自分の素質を磨《みが》いていきます。そして最後には……。いやもう、セツ、頑張《がんば》ったねと作者ながら思います。

さて、書籍化《しょせきか》するとなれば当然イラストがつきます。二巻も仁藤《にとう》あかね先生が素敵《すてき》なイラストを描《か》いて下さいました。セツが可愛《かわい》い！　ミカエルが格好《かっこう》いい！　もちろんルカも格好いい！　そして見開きのカラーイラストの迫力《はくりょく》たるや！

今回Ｗｅｂ連載《れんさい》を基《もと》に改稿《かいこう》するにあたり、展開に迷いに迷いまくったのですが、担当編集様がズバリズバリと斬《き》って下さり、こういう描写を入れてはどうかとアドバイスを下さったお陰《かげ》で、紆余《うよ》曲折《きょくせつ》を経てこのように一本のストーリーにまとめることができました。何度も原稿を確認《かくにん》して下さってありがとうございました。感謝してもしきれません。

デザイナー様、本巻でも素敵な装丁をありがとうございました。校正者様、またまた大変お世話になりました。印刷所の皆様《みなさま》、直しを入れすぎて足を向けて眠《ねむ》れません。ありがとうございました。

そのほか、本書に関《かか》わって下さった全《すべ》ての皆様のご助力に、感謝いたします。

そして何よりも、読者の皆様、本当にありがとうございます。一巻を買って下さったからこその続巻です。ありがたい。本当にありがたい。読んでもらえるのが何よりの喜びです。できましたら感想もお願いいたします。それがまた次に繋《つな》がります。

またお会いできますように。

藤浪保

あとがき

本書は、2021年にカクヨムで実施《じっし》された第3回ドラゴンノベルス新世代ファンタジー小説コンテストで特別賞を受賞した「魔導具の修理屋はじめました　～勇者召喚に巻き込《こ》まれたっぽいですが魔導具師の適性があったので快適ライフのために魔改造します～」を加筆修正したものです。

DRAGON NOVELS
ドラゴンノベルス

魔導具の修理屋はじめました2

2023年2月5日　初版発行

著　　者　藤浪《ふじなみ》 保《たもつ》

発 行 者　山下直久

発　　行　株式会社 KADOKAWA
〒102-8177　東京都千代田区富士見2-13-3
電話 0570-002-301（ナビダイヤル）

編　　集　ゲーム・企画書籍編集部

装　　丁　AFTERGLOW

D　T　P　株式会社スタジオ２０５ プラス

印 刷 所　大日本印刷株式会社

製 本 所　大日本印刷株式会社

DRAGON NOVELS ロゴデザイン　久留一郎デザイン室＋YAZIRI

ISBN978-4-04-074796-5　C0093